Katell Quillévéré

Suzanne

Carnet de visionnage
par
Marie-Astrid Lother et Anika Weinel

Ernst Klett Sprachen
Stuttgart

Zur Begleitung des Films

Module 1: Avant le visionnage

Module 2 : Pendant le visionnage

Modul 3: Après le visionnage

Module 4 : Au-delà du film

Verzeichnis der Methoden

Verzeichnis der Strategien

Verzeichnis der verfügbaren Filmsequenzen

Sequenz 1	L'enfance	00:03:31 – 00:04:49
Sequenz 2	Le début de l'adolescence	00:09:13 – 00:12:06
Sequenz 3	La mi-adolescence	00:15:43 – 00:17:12
Sequenz 4	Le rendez-vous de Suzanne et Julien	00:25:18 – 00:27:45
Sequenz 5	La dispute entre Suzanne et Nicolas	00:33:12 – 00:35:27
Sequenz 6	Le procès de Suzanne	00:45:18 – 00:47:03
Sequenz 7	L'absence de Suzanne	00:39:30 – 00:42:25
Sequenz 8	La fin	01:24:28 – 01:26:55

Zugang zu den Filmsequenzen, weiteren Mediendateien und Lösungen

1. Klett-Augmented-App

Mit der kostenlosen Klett-Augmented-App haben Sie auf Ihrem Smartphone oder Tablet direkten Zugang zu den Filmsequenzen und weiteren Dateien. Öffnen Sie dafür die App, scannen Sie jeweils die Seite mit dem Augmented-Symbol und laden Sie die benötigten Dateien herunter.

2. Online-Code

Alternativ geben Sie den Online-Code **ukgspxs** im Suchfeld oben rechts auf www.klett-sprachen.de ein und gelangen so ebenfalls zu den benötigten Dateien.

Klett-Augmented-App kostenlos downloaden und öffnen

Seite mit **diesem Symbol** scannen

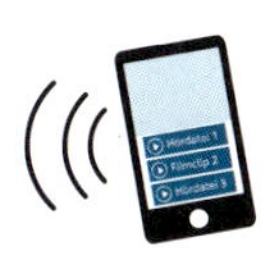

Medien laden, direkt nutzen oder speichern

Vorwort

Liebe Abiturientin, lieber Abiturient,

in diesem Semester wird ihr Blick, ausgehend vom Individuum, auf Herausforderungen der Gegenwart sowie auf existenzielle Fragestellungen gelenkt. Die dazu gehörenden Passepartouts ***grandir, rêves et désirs, révolte*** fassen nicht nur wesentliche Aspekte des Films „Suzanne" zusammen, sie spiegeln auch die Situation wider, in der Sie sich im Moment befinden. An der Grenze zwischen Jugend und Erwachsensein stehend, sehen Sie sich neuen Herausforderungen gegenüber, allen voran das erfolgreiche Erlangen der Hochschulreife, zu dem wir mit diesem Heft beitragen möchten. An die neue Lebensphase sind sicher viele Wünsche, Hoffnungen und Träume geknüpft: die Führerscheinprüfung bestehen, die Wunsch-Ausbildungsstelle oder den Traum-Studienplatz bekommen, Unabhängigkeit von den Eltern und der Familie erlangen. Mit dem Eintritt in diesen neuen Lebensabschnitt sind jedoch womöglich auch Ängste, Zweifel und Unsicherheiten verbunden.

Die weibliche Hauptfigur Suzanne erlebt genau diese Höhen und Tiefen des Erwachsenwerdens, schonungslos erzählt im 2013 erschienen Spielfilm „Suzanne" (deutscher Titel: „Die unerschütterliche Liebe der Suzanne") von der französischen Regisseurin Katell Quillévéré. Suzannes Träume handeln von Liebe und Freiheit, sie überschreitet Grenzen (*révolte!*), wird von ihrer Vergangenheit eingeholt und muss für ihre Entscheidungen einstehen. Sie werden sich vielleicht das eine oder andere Mal in Suzanne wiedererkennen, bestimmt werden Sie aber nicht immer mit ihr d'accord sein. Gerade dieses Spannungsverhältnis zwischen Identifikation und kritischer Distanz der Hauptfigur gegenüber befähigen „Suzanne" zum Unterrichtsgegenstand im Französischunterricht der Oberstufe, in dem Sie dazu aufgefordert werden, sich differenziert mit Sachverhalten auseinanderzusetzen, persönliche Stellungnahmen zu formulieren und Argumente abzuwägen.

Das Medium Film bietet sich für eine Auseinandersetzung mit (alternativen) Lebensentwürfen an, da es Ihnen durch Ihren eigenen Medienkonsum sehr vertraut ist. Die meisten von Ihnen werden regelmäßig Streaming-Plattformen nutzen, um Filme und Serien zu gucken. Es kann also davon ausgegangen werden, dass Sie der Rezeption von Filmen gegenüber positiv eingestellt sind. Das Unterhaltungs- und Motivationspotenzial des Mediums Film soll nicht klein geredet werden, es soll an dieser Stelle jedoch darauf hingewiesen werden, dass es sich bei „Suzanne" um einen Unterrichtsgegenstand handelt, mit dem strukturiert und eingehend gearbeitet wird, so wie Sie es bereits aus dem Deutsch- und Fremdsprachenunterricht kennen.

Dieses Heft soll Sie bei dieser Filmarbeit begleiten und unterstützen. Sie werden in diesem Material unter anderem angeleitet, Ihre Beobachtungen und Eindrücke zu dokumentieren, zu analysieren und zu interpretieren. Über die Vorgaben in den Aufgabenstellungen werden Ihre Beobachtungen auf bestimmte Aspekte und ästhetische Merkmale des Films gelenkt, sodass Sie sich auch als Einsteiger/in mit der Filmanalyse vertraut machen können. Mithilfe von Fragen und Aufgaben zum Inhalt der einzelnen Filmabschnitte können Sie Ihr Verständnis überprüfen. Die Lösungen zu den geschlossenen Aufgaben finden Sie über die Klett Augmented-App oder den Online-Code **ukgspxs**. Machen Sie sich auch mit dem Angebot an Hilfsmitteln vertraut, es enthält nützliche Strategien zum Hör-Seh-Verstehen sowie Vokabellisten zu Themen des Films und nicht zuletzt Methodenkästen einschließlich Redemitteln, die Sie auch für andere Unterrichtsinhalte nutzen können.

Wir wünschen Ihnen viel Spaß bei der Erarbeitung des Films mit diesem Heft, eine abwechslungsreiche Abiturvorbereitung und ein erfolgreiches Abitur.

Module 1 : Avant le visionnage

Vocabulaire : Parler du cinéma et des films

La production d'un film

le réalisateur, la réalisatrice	der Regisseur, die Regisseurin
l'acteur, l'actrice (principal,e)	der Schauspieler, der Hauptdarsteller die Schauspielerin, die Hauptdarstellerin
le long-métrage	der Spielfilm
le décor	die Ausstattung
le scénario	das Drehbuch
le lieu de tournage	der Drehort
la structure narrative	die Erzählstruktur
tourner un film	einen Film drehen
la mise en scène	die Inszenierung
sur l'écran *m*	auf der Leinwand
la scène	die Szene (enthält eine Reihe von Handlungen, die zeitlich und / oder räumlich kontinuierlich zusammenhängen und meist als Folge von Einstellungen realisiert sind)
la séquence	die Sequenz (eine Folge von Szenen; die Abfolge der Ereignisse in Ort und / oder Zeit sind nicht kontinuierlich; die Einstellungen stehen in einem gedanklichen Zusammenhang)
l'image fixe *f*	das Standbild
les sous-titres *m*	die Untertitel
le générique (du début)	der Vorspann
le générique (de fin)	der Abspann

Les moyens stylistiques du film

Le cadrage: les plans de la caméra (= Bildausschnitt ; Kameraeinstellungen)

Le hors-champ (= außerhalb des Bildausschnittes) :
est la partie de l'espace qui n'est pas visible à l'écran.

Le plan d'ensemble (= Panorama, Weit) :
Situer : il permet de présenter le personnage dans un environnement. La caméra reste toujours à distance et les décors sont prédominants.

Le plan moyen (= Halbtotale) :
Attester : il sert à distinguer un personnage de ce qui l'entoure, lui accorder une importance. Ce plan fait ressortir le corps du personnage, son physique, sa façon de bouger, etc.

Le plan rapproché (= Nahaufnahme) :
Préciser : il met en évidence les sentiments du personnage. Il est souvent utilisé pour mettre en scène des dialogues puisqu'on voit comment les épaules et les mains participent à la conversation.

Le gros plan (= Großaufnahme) :
Dramatiser : il traduit une dimension intérieure en communiquant au spectateur les sentiments du personnage. Il peut mettre aussi en évidence un objet.

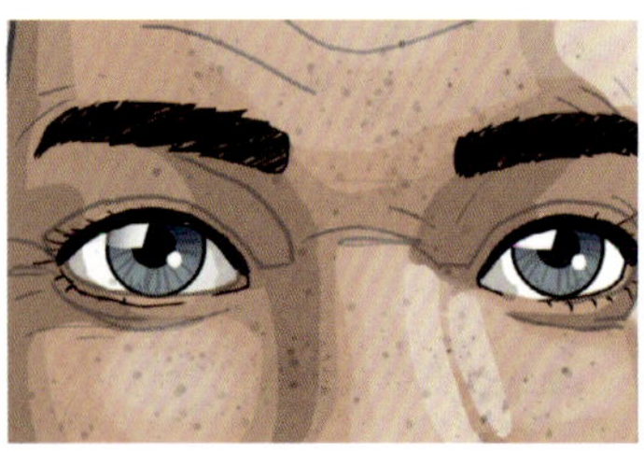

Le très gros plan / le détail (= Detailaufnahme) :
Focaliser : il saisit un détail (expression, objet, ...). Ce plan confère une grande importance au détail présenté et peut provoquer un effet de choc.

Les positions de la caméra

La caméra subjective :
La caméra montre ce que voit un personnage, elle accroît la participation émotionnelle et amène le spectateur à prendre parti.

Le vol d'oiseau :
La caméra survole la scène de très haut.

	**Le champ :** La camera filme dans une direction.
	**Le contre-champ :** La caméra filme ensuite dans l'autre direction.
Les perspectives de la caméra	
	**La plongée** (= Vogelperspektive) : La caméra filme du haut et donne une vue vers le bas, elle provoque traditionnellement un sentiment de supériorité de la part de celui qui regarde.
	**La contre-plongée** (= Froschperspektive) : La caméra filme du bas et donne une vue vers le haut, elle suggère la supériorité de ce qui est filmé.
	**L'angle normal / la perspective neutre :** L'objectif de la caméra est à la même hauteur que l'objet ou la personne filmé. Cette perspective est perçue comme neutre ou réaliste.
Les mouvements de la caméra	
	**Le plan fixe :** La caméra ne bouge pas. Le plan fixe donne l'impression d'une narration quasi objective.
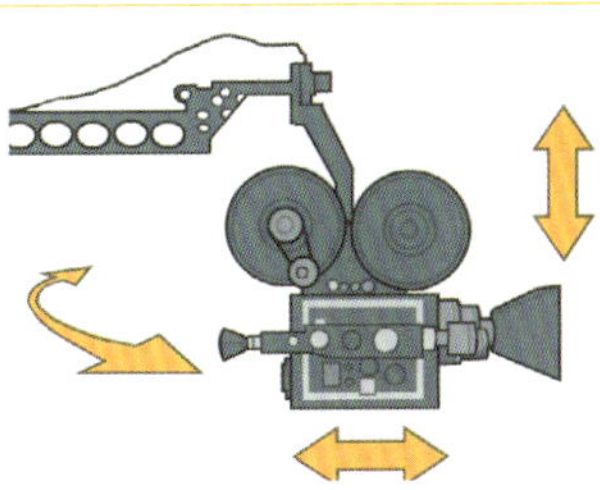	**Le panoramique :** La caméra bouge et imite le mouvement de la tête d'un personnage du film. Ce mouvement de caméra permet d'observer un décor, un paysage ou un groupe de personnes. Il est souvent descriptif lorsqu'il suit le mouvement d'un personnage.

	**Le travelling** : La caméra peut se déplacer de haut en bas (ou inversement), c'est un travelling avant-arrière ou de gauche à droite (ou inversement), c'est un travelling latéral. Ce mouvement permet d'attirer l'attention sur quelque chose ou de suivre l'action d'un personnage.
	**Le zoom** : La caméra va vers / s'en va d'une personne ou d'un objet.

Le montage (= Schnitt)

Le plan séquence :
Un très long plan sans aucune coupure. Souvent il est combiné avec un long travelling. L'action est dominée par la mise-en-scène.

Le champ et le contrechamp (= Schuss - Gegenschuss) :
Cette technique de montage est souvent utilisée pour des dialogues et recourt surtout à des plans moyens. La caméra change entre deux ou plusieurs personnages, montrant à chaque fois une perspective (subjective) similaire.

Les effets de liaison (= Übergänge)

Le montage invisible :
Le montage invisible indique la transition à peine visible d'un plan à un autre. La majorité des films sont montés ainsi.

La coupe franche / saut d'image :
La coupe franche est le contraire du montage invisible. Elle indique par ex. un point dramatique ou le début / la fin d'une séquence.

Le fondu enchaîné (= Überblendung) :
Une image d'un plan remplace progressivement l'image d'un autre plan. Il est utilisé comme un moyen visuel pour relier symboliquement des plans se déroulant dans des lieux différents.

Le fondu au noir (= Schwarzblende) :
L'image s'obscurcit et devient noire. Le fondu au noir est souvent utilisé dans le traitement du temps : il marque l'ellipse, le passage d'une période à une autre.

La bande-son (= Tonspur)

Le son in	La source du son apparaît dans l'image.
Le son in hors-champ	La source du son se trouve dans l'espace qui n'est pas embrassé par la caméra.
La voix-off	La source de la voix n'apparaît pas dans l'image. Il s'agit d'un procédé qui consiste à faire exprimer par une voix superposée aux images, les sentiments intérieurs de tel ou tel personnage, ou des détails nécessaires à la compréhension, que l'image ne pourrait pas rendre ou qui alourdiraient inutilement le récit.
La musique	Peut avoir plusieurs fonctions, comme par ex. : ▸ renforcer l'expression des sentiments, de l'émotion ▸ accompagner le mouvement de l'action + se distancer de l'action (effet comique) ▸ faire le lien entre deux séquences

Le bruitage	Opération qui consiste à synchroniser des bruits avec les images filmées. Effet : accroître le réalisme ou la tension d'une scène.
Les dialogues	Ensemble des phrases prononcées par les personnages de l'histoire.

Les effets

La composition de l'image *crée une impression de…*	Die Bildkomposition vermittelt den Eindruck von…
La lumière, les couleurs *accentuent l'effet de…*	Das Licht, die Farben verstärken den Eindruck von…
Les bruits de fond *donnent une idée* plus précise du cadre de vie, de travail etc.	Die Hintergrundgeräusche vermitteln eine genauere Vorstellung der Lebensumstände, des Arbeitsumfelds usw.
Les couleurs *suggèrent l'idée de…*	Die Farben suggerieren…
La musique *est comme* un deuxième personnage.	Die Musik ist wie eine zweite Figur im Film.
La musique *communique / transmet une émotion de…*	Die Musik gibt das Gefühl von / vermittelt ein … Gefühl
Les images *renforcent / soulignent l'ambiance / l'effet de…*	Die Bilder verstärken / unterstreichen die Atmosphäre / Wirkung von…
Il y a une correspondance / un contraste entre la musique et les images.	Es gibt eine Übereinstimmung / einen Kontrast zwischen der Musik und den Bildern.
Le caractère (joyeux) de la musique *renforce / souligne le message de…* *s'oppose à* ce que les images expriment.	Der (fröhliche) Charakter der Musik verstärkt / unterstreicht die Botschaft… steht im Gegensatz zu dem, was die Bilder ausdrücken.
La musique est : gaie ≠ mélancolique harmonieuse ≠ dissonante lente ≠ rapide, vive monotone ≠ dynamique oppressante ≠ détendue violente ≠ douce	Die Musik ist: fröhlich ≠ melancholisch harmonisch ≠ disharmonisch langsam ≠ schnell, lebhaft eintönig ≠ dynamisch bedrückend ≠ angenehm intensiv ≠ sanft
L'atmosphère / l'ambiance est : froide, glaciale ≠ chaleureuse sévère, austère ≠ cordiale, enjouée oppressante ≠ détendue solennelle, festive, conviviale ≠ grave, recueillie mouvementée, affairée ≠ calme, paisible euphorique, idyllique, romantique triste, tendue, dramatique, tragique comique, grotesque mystérieuse, onirique	Die Stimmung / Atmosphäre ist: kalt ≠ warm kühl ≠ herzlich, heiter bedrückend ≠ angenehm feierlich, ausgelassen ≠ ernst, besinnlich bewegt ≠ ruhig euphorisch, idyllisch, romantisch traurig, angespannt, dramatisch, tragisch lustig, grotesk mysteriös, träumerisch
Les couleurs sont : froides ≠ chaudes ternes, pâles foncées, sombres ≠ claires contrastées, tranchées, soutenues ≠ uniformes, délavées, éteintes criardes	Die Farben sind: kalt ≠ warm glanzlos, blass dunkel ≠ hell kontrastierend, klar, intensiv ≠ eintönig, verwischt, ausgewaschen grell

La lumière est : froide ≠ chaude vive ≠ blafarde, faible naturelle ≠ artificielle douce, tamisée ≠ agressive, crue	Das Licht ist: kalt ≠ warm hell ≠ fahl, schwach natürlich ≠ künstlich mild, gedämpft ≠ hart, grell
En résumé, cette séquence / scène veut montrer que… exprime l'idée que… et veut nous faire réfléchir à… transporte un message de… et nous laisse une impression…	Diese Sequenz / Szene möchte zeigen, dass… drückt die Idee aus, dass… und möchte uns zum Nachdenken anregen über… hat eine Botschaft von… und lässt uns einen … Eindruck

Vocabulaire : Relations entre les personnages

Relations positives	
bien aimer qn	jdn mögen
faire confiance à qn	jdm vertrauen
avoir confiance en qn	in jdn Vertrauen haben
se confier à qn	sich jdm anvertrauen
admirer qn	jdn bewundern
être d'accord avec qn	mit jdm einverstanden sein
respecter qn	jdn respektieren
compter sur qn	auf jdn zählen
dire du bien de qn	gut von jdm sprechen
s'amuser avec qn	mit jdm Spaß haben
bien s'entendre avec qn	sich gut mit jdm verstehen
avoir une bonne relation avec qn	ein gutes Verhältnis zu jdm haben

Relations négatives	
détester qn	jdn hassen
mépriser qn	jdn verachten
ne pas pouvoir supporter qn	jdn nicht ertragen können
se méfier de qn	jdm misstrauen
être en désaccord avec qn	mit jdm nicht einverstanden sein
menacer qn	jdn bedrohen
accuser qn de faire / d'avoir fait qc	jdn beschuldigen etw. zu tun / getan zu haben
mentir à qn	jdn belügen
critiquer qn	jdn kritisieren
décevoir qn	jdn enttäuschen
se disputer avec qn	sich mit jdm streiten
énerver qn	jdn aufregen
mal s'entendre avec qn	sich mit jdm schlecht verstehen
avoir une mauvaise relation avec qn	ein schlechtes Verhältnis zu jdm haben

Relations familiales / La situation de famille	
se marier	heiraten
fonder une famille	eine Familie gründen
les proches *mpl*	die Verwandten

être célibataire	ledig	
fiancé/e	verlobt	
marié/e	verheiratet	
séparé/e	getrennt lebend	
divorcé/e	geschieden	
veuf / veuve	verwitwet	sein
la famille monoparentale	die Einelternfamilie	
recomposée	die Patchworkfamilie	
homoparentale	die „Regenbogenfamilie“ (mit homosexuellen Eltern)	

Relations amoureuses	
aimer qn	jdn lieben
tomber / être amoureux/-euse de qn	sich in jdn verlieben / in jdn verliebt sein
avoir le coup de foudre pour qn	sich auf den ersten Blick in jdn verlieben
vouloir une relation durable avec qn	eine stabile Beziehung mit jdm haben wollen
sortir avec qn	mit jdm ausgehen
donner un rendez-vous à qn	sich mit jmd verabreden
avoir une liaison avec qn	ein Verhältnis mit jdm haben
être en couple (avec qn)	(mit jdm) zusammen sein
vivre en couple	als Paar zusammenleben
désirer qn	jdn begehren
se caresser	sich streicheln
se serrer dans les bras	sich in die Arme schließen
s'embrasser	sich küssen
avoir des rapports sexuels (avec qn)	(mit jdm) Sex haben
coucher avec qn *ugs*	mit jdm schlafen
avoir une aventure	einen One-Night-Stand haben
se séparer de qn	sich von jdm trennen
rompre avec qn	mit jdm Schluss machen
quitter qn	jdn verlassen

Actions et réactions	
se révolter contre qn	sich gegen jdn auflehnen
contredire qn	jdm widersprechen
obliger qn à faire qc	jdn zwingen etw zu tun
empêcher qn de faire qc	jdn daran hindern etw zu tun
aider qn à faire qc	jdm helfen etw zu tun
soupçonner qn de faire / d'avoir fait qc	jmd Verdächtigen etw zu tun / getan zu haben
reprocher qc à qn	jdm etw vorwerfen
se réconcilier avec qn	sich mit jdm versöhnen
encourager qn à faire qc	jdn ermutigen etw zu tun
obéir à qn	jdm gehorchen
oser faire qc	sich trauen etw zu tun
se faire du souci pour qn	sich um jdn Sorgen machen

Mon vocabulaire

Vocabulaire : Décrire ses sentiments

Notez des adjectifs / verbes qui correspondent à la situation décrite :

Quand je **suis amoureuse / amoureux**, je me sens / je suis / j'ai… - - - -	**À la fin d'une relation amoureuse**, je me sens / je suis / j'ai… - -
Après l'école, je me sens / je suis / j'ai…	Lorsque j'**ai un mauvais jour**, je me sens / je suis / j'ai…
Pendant une dispute avec mes copains / copines / parents etc., je me sens / je suis / j'ai…	Lorsque **je me réconcilie avec / demande pardon** à mon copain / ma copine / mon petit ami / ma petite amie, mes parents etc., je me sens / je suis… / j'ai…
Lorsque **j'apprends une (bonne / mauvaise) nouvelle**, je me sens / je suis / j'ai…	Mon vocabulaire :

Découvrir le film

1. Remplissez la fiche signalétique de l'affiche du film

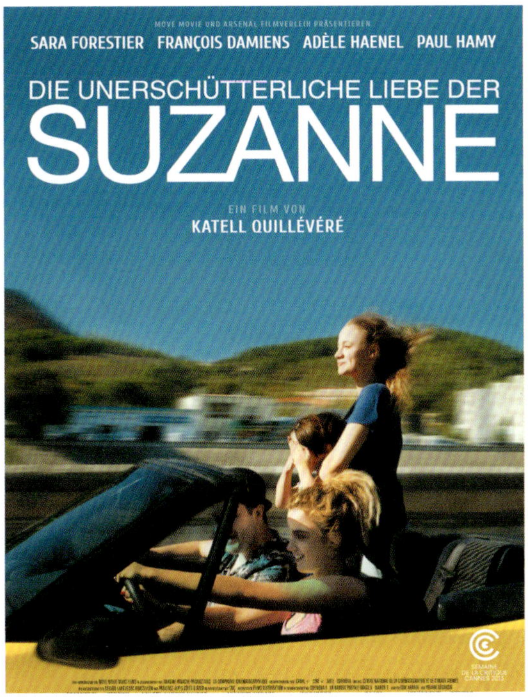

Le titre :

Les protagonistes :

Quelle est la situation présentée ?

Quelle atmosphère reflète l'affiche ? (voir aussi les couleurs)

Quelle est la perspective choisie ? (voir aussi son effet)

Qu'est-ce que vous attendez du film ? Quel est le sujet du film, selon vous ?

Méthode : Décrire une image

1. Description de l'image en général

L'image représente / montre…
Au premier plan, … / Au second plan, … / À l'arrière-plan…
Au centre de l'image, …
En haut, … / En bas, … / À droite, … / À gauche, …
Devant, … / Derrière, … / Près de… / À côté de…
…, on voit / trouve / aperçoit / remarque / distingue / reconnaît …

Les personnages

Y a-t-il des personnages ? Si oui, combien ? Quelle est leur position ?
Quelle est la direction de leur regard ? Regardent-ils le spectateur ?

- L'expression du visage (Gesichtsausdruck)

avoir l'air triste / heureux / étonné / effaré (verstört) / décontenancé (fassungslos) / d'avoir mal / de souffrir / avoir les yeux grands ouverts

- L'attitude (Körperhaltung)

être debout (stehen), couché(-e) (liegen), à genoux (knien)
avoir le dos droit (aufrecht) ≠ être courbé(e) (gebeugt)
être détendu(-e) (entspannt, locker) ≠ tendu(-e) (steif)
lever les bras au ciel (Hände über dem Kopf zusammenschlagen)

2. Le texte

Quelle place prend le texte par rapport aux images ?
Le titre : Couleur du texte ? position du texte par rapport aux images ?
Y a-t-il une phrase d'accroche ? Notez-la et effectuez la même analyse que pour le titre.

3. La composition

→ Les principaux éléments de l'affiche (personnages, objets, paysages)

4. Le(s) plan(s)

- Quel(s) plan(s) est-ce qu'on voit ? Est-il / Sont-ils net(s) ? flou(s) ?
- S'agit-il d'un plan d'ensemble / d'un plan moyen / d'un gros plan ?

5. Les couleurs

Quelle est la couleur de l'arrière-plan ?
Quelles sont les couleurs dominantes ? Sont-elles chaudes ? froides ? sombres ? claires ?

6. La lumière

Fait-il nuit ? Lumière intérieure / extérieure ? diffuse / qui éclaire quelque chose de précis ? Lumière blanche / colorée ?

Strategie

Global-, Selektiv-, Detail- und inferierendes Verstehen

Die folgenden Verstehensabsichten kennen Sie bereits als Hörstile beim Hörverstehen. Je nachdem, was Sie verstehen möchten / sollen (eigene Intention bzw. Vorgabe der Aufgabe), lassen sich vier Strategien unterscheiden:

Das **Globalverstehen** dient der ersten Orientierung. Es geht um die Erfassung des zentralen Themas, der Gesamtsituation, der groben Zusammenhänge, ohne dass einzelne Informationen verstanden werden müssen. Diese Verstehensabsicht wenden Sie z.B. an, wenn Sie sich das Filmplakat oder den Filmtrailer anschauen.

Beim **Selektivverstehen** müssen Sie der Filmsequenz eine bestimmte Information entnehmen, wie z.B. ein Name, eine Zahl, ein Gegenstand oder ein Ort. Diese Verstehensabsicht wenden Sie an, wenn eine bestimmte Einzelinformation wichtig für den weiteren Handlungsverlauf ist.

Beim **Detailverstehen** müssen so viele Einzelheiten wie möglich in ihrem Kontext verstanden werden, wie z.B. Gründe, Meinungen, Beispiele, um einen komplexen Sachverhalt erfassen zu können. Diese Verstehensabsicht wenden Sie an, wenn Sie ein komplexeres Gespräch oder eine längere Ansprache im Film verstehen möchten.

Beim **inferierenden Verstehen** werden aufgenommene Informationen weiterverarbeitet. Indem Sie einzelne Aspekte deuten, können Sie z.B. Aussagen über die Beziehung zwischen zwei Figuren treffen. Sie „lesen" sozusagen „zwischen den Zeilen". Diese Verstehensabsicht wenden Sie an, wenn Sie im Film etwas verstehen möchten, was nicht explizit genannt oder gezeigt wird.

2. Notez les nouvelles informations apprises.

Les protagonistes

Situation présentée

Les couleurs et l'atmosphère

La perspective et son effet

Les critiques du film

Contenu / genre du film

Nouvelles informations

3. En tenant compte des nouvelles informations, créez votre propre affiche du film. Expliquez ensuite ce que vous attendez de ce film et à quel groupe cible il s'adresse.

Mon affiche :

Module 2 : Pendant le visionnage

Partie 1 : Les Merevsky, une famille classique ? [00:00:00 – 00:08:05]

D'abord

1. Dessinez votre arbre généalogique

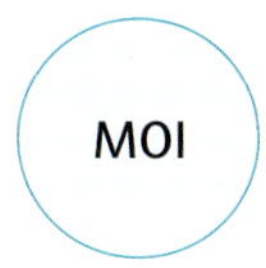

2. La famille, qu'est-ce que c'est pour vous ?

a) Notez un mot qui vous vient à l'esprit :

b) Faites un filet à mots concernant « la famille ».

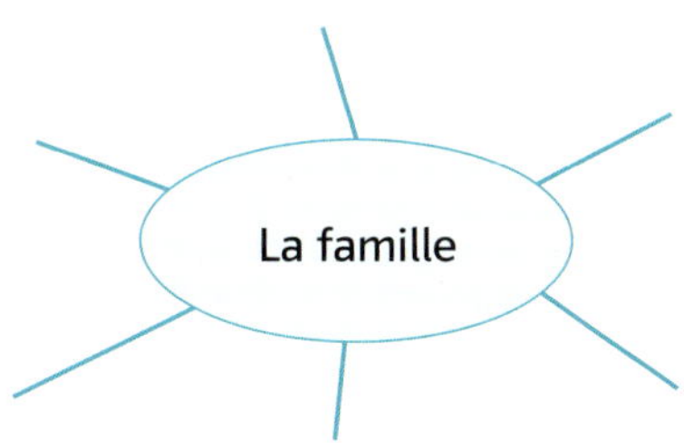

c) Formulez une définition de la famille en utilisant les mots précédents :

Compréhension

3. Regardez la première partie du film « Suzanne » et prenez des notes sur les points suivants :

a) Les membres de la famille Merevsky

Nom : ________ Nom : ________ Nom : ________ ________

b) La situation de vie des Merevsky

c) Le modèle de famille (les valeurs, les difficultés etc.)

Strategie

Sich auf einen Themenfeld innerlich vorbereiten

Oftmals können Sie die Inhalte, die Sie im nächsten Schritt audiovisuell rezipieren werden, bereits antizipieren, indem Sie ihr persönliches Vorwissen zu dem Thema reaktivieren und sich dazu Gedanken machen, auf welche Weise Informationen gegeben werden könnten. So können Sie sich sowohl inhaltlich als auch sprachlich auf den audiovisuellen Text vorbereiten.
Dazu ist es wichtig, dass Sie alle Informationen, die Ihnen vorab gegeben werden, berücksichtigen, bspw. den Titel des Filmabschnitts / Kapitels, Aufgabenstellungen, Anmerkungen der Lehrkraft, etc. und darauffolgend Ihr Weltwissen zu diesen Informationsfragmenten aktivieren und fremdsprachliche Ausdrücke vorbereiten. Auf diese Weise wird Ihnen das audiovisuelle Verstehen leichter fallen und Inhalte können zügiger verarbeitet und eingeordnet werden.

Commentaire

4. Est-ce que le père accomplit ses obligations de père selon vous ? Écrivez un commentaire.

5. À quels défis est-ce que la famille devra faire face au cours du film ? Faites des hypothèses. Justifiez votre point de vue.

Méthode: Écrire un commentaire personnel

Vorbereitung

- Notieren Sie sich zurnächst Stichpunkte:
  - Standpunkte und Argumente, die es zu dem Thema gibt; passend dazu Beispiele und Fakten
  - Ihren eigenen Standpunkt mit passenden Argumenten, Beispielen und Fakten

Während des Schreibens:

- Schreiben Sie im Präsens.
- Denken Sie an einen Einleitungssatz, der das Thema des Kommentars beinhaltet.
- Im Einstieg beschreiben Sie die Ausgangssituation.
- Im Hauptteil informieren Sie über das Thema und legen die verschiedenen Standpunkte und die dazugehörigen Argumente dar, wobei Sie eindeutige Wertungen vornehmen können. Stellen Sie Ihren eigenen Standpunkt dar und begründen diesen.

Abschluss

Im Schlussteil können Sie sich auf den Einstieg beziehen, an den Leser appellieren oder Ihren Standpunkt zusammenfassend darstellen.

Vocabulaire :

Einleiten:
Il s'agit de savoir si…
Seine Gedanken gliedern:
D'abord, / Pour commencer, / Premièrement, … Ensuite, / Deuxièmement… non seulement… mais aussi (nicht nur… sondern auch) Il faut ajouter que… Enfin, / Pour finir, / Pour terminer, …
Gedanken abwägen:
d'un côté…, de l'autre côté… d'une part…, d'autre part… Il est vrai que / Il faut dire que… Pourtant, / Mais, / Au contraire, … D'ailleurs, …
Seinen Standpunkt formulieren:
À mon avis, … De mon point de vue, … D'après moi / Selon moi, … Je pense / crois que… Je ne pense / crois pas que *(+subj.)* Je suis sûr, -e / certain(e) que… Je ne suis pas du tout d'accord avec… J'ai l'impression que… Il me semble que… Pour moi, l'argument principal est celui de *(+ nom)*

Vergleiche ziehen, Beispiele geben:
Si on compare... Par rapport à... À la différence de... ...,alors que.../tandis que.. Pour donner un exemple, ..., par exemple, ...
Schlussfolgerungen ziehen:
Donc,/Par conséquent,/C'est pourquoi... C'est pour cela que... C'est la raison pour laquelle... On voit donc que... J'en tire la conclusion que... Pour conclure, on peut dire que...
Hypothesen formulieren
peut-être que... il/elle semble être... on dirait que... on pourrait croire que... selon les apparences, ... j'imagine que... il est possible que (+subj.)

Exercice : Indicatif ou subjonctif ?

Marquez les expressions qui exigent le subjonctif.

il est vrai que	il est temps que	il faut que	je trouve que
il est important que	je suis sûr(e) que	j'aime que	j'espère que
je souhaite que	j'ai l'impression que	je suis convaincu(e) que	il est triste que
je suis d'avis que	il suffit que	je suis désolé(e) que	je ne crois pas que
il me semble que	je trouve injuste que	je voudrais que	j'ai peur que

Solutions :

Les expressions qui exigent le subjonctif :

il est important que, je souhaite que, il est temps que, il suffit que, je trouve injuste que, il faut que, j'aime que, je suis désolé(e) que, je voudrais que, il est triste que, je ne crois pas que, j'ai peur que

Partie 2 : Un enfant si tôt ? [00:08:06 – 00:14:58]

Strategie

Auf Ankerwörter achten

Wenn Sie einen relevanten Dialog oder Monolog verstehen möchten, der womöglich schnell oder undeutlich gesprochen wird oder bei dem Hintergrundgeräusche das Verstehen erschweren, konzentrieren Sie sich auf die Wörter, die sie verstehen, und nicht auf den Textteil, den Sie nicht verstehen. Womöglich werden einige Wörter wiederholt, sie werden laut gesprochen oder besonders artikuliert. Halten Sie sich an diesen Wörtern fest und bringen Sie sie in Zusammenhang mit den Bildern in dieser Szene und jenen, die ihr vorangegangen sind und die ihr folgen. Achten Sie außerdem auf Abweichungen zwischen Wort und Bild. Hören Sie Begriffe, die nicht auf den Bildern zu sehen sind oder die nichts mit der Handlung zu tun haben, kann ihnen diese Divergenz Informationen zu einem eventuellen Fehlen, einem Wunsch oder einer Zukunftsaussicht liefern.

D'abord

1. Pourquoi est-ce que Suzanne a gardé l'enfant ? Notez les hypothèses discutées en classe.

Compréhension

2. Selon vous, quelle est la plus probable ? Justifiez votre point de vue.

Commentaire

3. Pesez le pour et le contre d'une grossesse à l'adolescence. Écrivez un commentaire.

Méthode : Écrire un commentaire personnel (→ p. 20).

Méthode : Faire un résumé

Bei einem *résumé* werden die wesentlichen Informationen eines Textes / Films zusammenfassend wiedergegeben. Hierfür notieren Sie sich Schlüsselwörter. Beachten Sie beim *résumé* folgende Regeln:

- Der Text steht im Präsens und in der 3. Person.
- Er sollte deutlich kürzer als der Originaltext sein (ca. ein Drittel) und keine Details enthalten.
- Das Résumé beginnt mit einer Einleitung, die folgendes enthält: Textsorte, Titel, Autor, Erscheinungsdatum, Thema des Textes.
- In dem Text sollten keine Zitate vorkommen, er sollte eigene Formulierungen enthalten und in einem neutralen, distanzierten Stil formuliert sein.
- Das Résumé enthält keine persönlichen Stellungnahmen oder Wertungen.

Einleiten:
Le texte / film est... / intitulé... / écrit par... / publié en... dans...
Il s'agit d'un texte / film...
Dans ce texte / film, l'auteur... explique pourquoi... / raconte comment... / décrit...
Le texte / film... a pour sujet... / parle de... / traite de... / **Le narrateur...** raconte l'histoire de... / explique... / montre... / critique... / donne la définition de...
Dans le texte / film, il s'agit de...

Méthode: Créer un tableau figé

Die Methode des Standbilds („un tableau figé" / „une statue" / „une image figée") dient zur visuellen Darstellung von Analyseergebnissen, die sich auf Figurencharakterisierungen und -konstellationen beziehen. In Gruppenarbeit kreieren Sie eine „eingefrorene" Aufnahme eines Moments, der im Film (nicht) gezeigt wurde, indem Sie die Rolle der Figuren übernehmen und durch Mimik, Gestik und Körperhaltung den Charakter der Figuren, ihre Beziehung zueinander und eventuelle Konfliktsituationen darstellen. Je nach Aufgabenstellung übernimmt die Gruppe selbst die Beschreibung und Kommentierung ihres Kunstwerks oder dies wird von den anderen Gruppen übernommen. Abschließend gibt es die Möglichkeit, Fragen zu stellen oder über die Ergebnisse zu diskutieren.

Vocabulaire :

Ein Standbild erstellen
positionnement, attitude et gestes des acteurs être debout (*stehen*), couché(-e) (*liegen*), à genoux (*knien*) avoir le dos droit (*aufrecht*) ≠ être courbé(e) (*gebeugt*) se pencher (*sich bücken*) s'accroupir (*in die Hocke gehen*) se détourner de qn / tourner le dos à qn se trouver près / loin de qn regarder qn / se regarder les uns les autres se prendre par la main s'embrasser être détendu(-e) (*entspannt, locker*) ≠ tendu(-e) (*steif*)

lever les bras au ciel (*Hände über dem Kopf zusammenschlagen*)
lever l'index (*den Zeigefinger erheben*)
une main est tendue vers (*eine Hand ist ausgestreckt nach*)
croiser les bras (*Arme verschränken*) / avoir les bras croisés
avoir les mains dans les poches appuyer le coude / la tête sur (*Ellbogen / Kopf aufstützen auf*)
avancer une jambe
expression du visage
avoir un regard furieux / surpris / anxieux
avoir l'air triste / heureux / étonné / effaré (*verstört*) / décontenancé (*fassungslos*) / d'avoir mal / de souffrir (*schmerzerfüllt*), avoir les yeux grands ouverts
rire, sourire

Ein Standbild beobachten

décrire une image *(voir la méthode « Décrire une image » p. 14)*
donner son opinion
J'ai l'impression que...
En regardant votre tableau figé, on comprend tout de suite que vous pensez que...
Je ne suis pas tout à fait sûr(e), mais je crois que vous voulez montrer que...
C'est X qui représente le rôle de Y. On reconnaît Y par... / grâce à...
Je pense que votre tableau figé montre / ne montre pas tout à fait l'essentiel du texte / de la scène parce que...

Ein Standbild präsentieren

explications
Nous avons choisi la scène..../ Nous avons décidé de représenter la scène...
parce que... / pour que *(+subj.)* / bien que *(+subj.)*
Pour nous, c'est important de montrer que / c'est important que *(+subj.)*
Nous pensons que
Nous trouvons intéressant que *(+subj.)* / de *(+inf)*
C'est une scène émouvante / décisive / -clé / importante / impressionnante / choquante
La scène montre / prouve *(beweist)* / explique / souligne...
relations entre les personnages
X et Y semblent proches / Ils semblent avoir une relation intime / distante / compliquée. Ils se sentent dérangés / observés / attirés l'un par l'autre. C'est pourquoi nous les avons positionnés de cette manière.
Leur relation est caractérisée par l'amour / la confiance / la complicité / le soutien mutuel / la dépendance / la peur / la domination...

Tableau figé

4. Préparation :
a) Formez des groupes et comparez vos sociogrammes.

b) Choisissez au moins deux personnages de cette partie du film. Vous allez présenter leur(s) relation(s) dans un tableau figé. Décidez qui va représenter quel personnage.

c) Réfléchissez à ce qu'on sait de ces personnages. Essayez d'imaginer comment chaque personnage se sent dans la situation que vous représentez et reflechissez sur la relation entre ces personnages.

d) Créez ensemble différents tableaux figés. Discutez des résultats et choisissez celui qui vous convainc le plus.

5. Présentation :
a) Présentez votre tableau figé à vos camarades de classe. Ne dites pas qui représente quel personnage. Gardez le tableau figé pendant une minute.

b) Les autres regardent le tableau figé et remplissent la grille d'observation ci-dessous.

c) Les spectateurs / spectatrices décrivent ce qu'ils / elles ont vu. Vous expliquez votre tableau figé et répondez à d'éventuelles questions.

6. Grille d'observation :

	Groupe 1	*Groupe 2*	*Groupe 3*
Qui est-ce qui est représenté ? Quelle relation est mise en relief ?			
Comment est-ce que les personnages sont représentés ?			
Commentez l'interprétation que vous venez de voir. Proposez des alternatives.			

7. Évaluation :

Avez-vous parlé français lors du travail en groupe ?	
Êtes-vous contents de vos résultats ?	
Est-ce que vous avez aimé cette méthode ?	
Est-ce que cette méthode vous a aidés à mieux comprendre les protagonistes ?	

Partie 3 : Les deux sœurs [00:08:06 – 00:18:53]

D'abord

1. Décrivez les deux sœurs. En vous basant sur leur apparence, que pouvez-vous conclure sur leur univers et leur comportement l'une envers l'autre / leur relation ?

Vocabulaire : Relations entre les personnages (→ p.10)

Compréhension

2a) Visionnez les scènes suivantes
Groupe 1 : Séquence 1 : l'enfance
Groupe 2 : Séquence 2 : le début de l'adolescence
Groupe 3 : Séquence 3 : la mi-adolescence
et prenez des notes en vos basant sur les aspects suivants :

- *la relation entre les deux sœurs*
- *leur situation de vie*

2b) Puis analysez l'évolution de leur relation et de leur situation de vie.

1
2
3

Strategie

Auf Mimik und Gestik achten

Eine besondere Beobachtung der nonverbalen bzw. paralinguistischen Aspekte einer Szene oder Sequenz kann Ihnen helfen, die Gefühlswelt der Figuren oder ihre Beziehung untereinander deuten zu können. Ohne dass Sie unbedingt die Einzelheiten eines gesprochenen Textes verstehen müssen, können Sie den Körperbewegungen und der Körperhaltung, der Mimik, der Gestik, dem Blickkontakt, der Lautstärke der Stimme und der Intonation wichtige Informationen entnehmen.

Enfance :

Début de l'adolescence :

Mi-adolescence

Analyse

Les moyens stylistiques du film (→ p.6)

3. Prouvez que la caméra / les effets utilisés dans le film renforcent l'idée selon laquelle elles passent « de la proximité la plus totale à la séparation la plus franche ».

Partie 4 : La rencontre avec Julien [00:18:54 – 00:37:27]

D'abord

1. Comment imaginez-vous le copain « idéal » de Suzanne ?

Strategie

Die nächste Frage im Auge behalten

Wenn Sie geschlossene oder halboffene Aufgaben während der Projektion des Films oder einzelner Szenen / Sequenzen bearbeiten sollen, ist es sinnvoll, sich vorab die Aufgaben gründlich durchzulesen. Markieren Sie sich dabei Schlüsselwörter in der Aufgabenstellung, den Fragen und den eventuellen Antwortmöglichkeiten. Sie können sich bei der ersten Filmrezeption darauf konzentrieren, wann diese Schlüsselbegriffe (oder Synonyme) vorkommen. Dann wissen Sie, dass es um diese Aufgabe geht. Behalten Sie aber stets auch die nächste Frage im Auge. Wenn Sie eine Antwort überhört haben oder das Gesehene nicht schnell genug wahrnehmen oder deuten konnten, überspringen Sie diese Frage und kommen gleich zur nächsten Aufgabe. Womöglich können Sie die übersprungene Frage am Ende beantworten, wenn sich aus den anderen Antworten für Sie ein Gesamtbild ergibt.

Compréhension détaillée

2. Avez-vous bien compris cette partie du film ? Répondez aux questions.

a) Suzanne et Julien – leur rencontre et leur rapprochement

Dans un hippodrome, Suzanne fait la connaissance de Julien. Vrai ou faux ?

Maria et Julien se connaissent déjà. ☐ Vrai ☐ Faux

Suzanne dit à Julien qui est le père de Charlie. ☐ Vrai ☐ Faux

b) Suzanne et Maria – leurs retrouvailles

Où est-ce que Maria travaille ?

c) Vrai ou faux ?

Suzanne dit à Maria qu'elle a pris un congé non-payé. ☐ Vrai ☐ Faux

d) Maria et Julien – leur conversation

Pendant une conversation avec Julien, Maria signale qu'elle s'inquiète. Pourquoi ?

e) Suzanne et Julien – leur première crise

Suzanne n'est pas contente. Qu'est-ce que Julien lui dit ?

f) Suzanne et Nicolas – leur dispute

Écrivez les raisons pour lesquelles Nicolas est en colère :

g) Suzanne et Julien – la décision

À la fin de cette partie du film, Suzanne prend une décision. Laquelle ?

Décrivez la réaction de Maria à la décision de Suzanne.

3. Avez-vous bien compris les dialogues ? Reliez les phrases avec le bon protagoniste.

a) J'avais peur que tu sois déjà parti.

b) D'habitude, je parle, mais là… je sais pas. J'y arrive pas.

c) C'est à cause de ce type avec qui tu sors?

d) Tu vas faire comment avec le boulot ?

e) Tu sais, Suzanne c'est la meilleure chose qui m'est arrivée dans la vie. Je ne la laisserai jamais tomber. Et je l'aime.

Suzanne

Maria

Nicolas

Julien

f) D'habitude, les mecs, ils sont plus bavards que toi.

g) Et ça te gêne pas que Suzanne foute son boulot en l'air pour toi?

h) Tu mènes la grande vie en ce moment…

i) Tu vois ça? Regarde. Ça, c'est toi et moi.

j) Tu voudras bien me le garder cette après-midi ? J'ai un truc à faire.

k) Il a un père, cet enfant ?

4. Associez les citations avec les situations correspondantes dans le film. (Regardez les situations a) à g) dans l'exercice 2)

Analyse

5. a) Regardez l'image qui montre le moment où Suzanne et Julien s'embrassent pour la première fois. Analysez les aspects suivants :

**Vocabulaire :
Parler du cinéma et des films**
(→ p. 5)

La position de Suzanne et Julien :

La lumière :

Le lieu :

b) En quoi est-ce que les aspects analysés anticipent la suite de l'histoire amoureuse de Suzanne et Julien ?

Strategie

Sich auf die Bilder konzentrieren

Die Darstellung der Bilder eines Films ist gründlich durchdacht. Die Entscheidungen beim Dreh und der Montage für gewisse Kameraeinstellungen, Bildausschnitte, Perspektiven und Bildübergänge beeinflussen unser Seherlebnis. Diese Entscheidungen zu untersuchen hilft Ihnen, Interpretationsansätze zu finden und schlussendlich Aussagen über die Intention des Regisseurs / der Regisseurin und über die Botschaft des Films zu treffen.

4

6. Analysez la séquence 4 (Le rendez-vous de Suzanne et Julien)
a) Regardez la séquence en entier et résumez ce qui s'y passe.

b) Décrivez l'ambiance que dégage cette séquence.

Compréhension

7. Regardez la séquence encore une fois.
a) Remplissez la grille de visionnage et analysez les moyens que la réalisatrice emploie pour créer cette ambiance. Faites aussi attention aux transitions entre les scènes.

b) Quel est, d'après vous, le message que la réalisatrice veut transmettre avec cette séquence en ce qui concerne l'avenir de la relation entre Suzanne et Julien ? Inventez une interview avec la réalisatrice au cours de laquelle vous l'amenez à expliquer l'idée de cette séquence et les moyens avec lesquels elle a voulu la réaliser.

Strategie

Ein Beobachtungsraster / Sequenzprotokolle ausfüllen

Um Ihnen bei der Analyse von Filmszenen und -sequenzen zu helfen, finden Sie im *Carnet de visionnage* Raster und Protokolle, die Sie während der Rezeption ausfüllen sollen. Dafür bekommen Sie konkrete Aufträge, die sich auf die **Beobachtung filmischer Mittel, wie z.B. Kamera, Licht und Ton,** oder auf **die konkrete Handlung** oder auf **die Mimik / Gestik der Filmfiguren** beziehen. Die Vorgaben sollen Ihre **Aufmerksamkeit auf bestimmte, relevante Aspekte lenken**. Sie beschreiben Ihre Beobachtungen zuerst und deuten Sie in einem zweiten Schritt, indem Sie die Frage beantworten, welche Wirkung das Gesehene auf Sie hat.

	Le cadrage / les plans	Le lieu	L'action	La bande-son (les bruitages, la musique)	Transitions
Première partie					
Deuxième partie					
Troisième partie					

Compréhension

8. a) Visionnez la séquence 5.

b) Résumez ce que Nicolas reproche à Suzanne et ce qu'il exige d'elle.

Analyse

c) Analysez le choix des moyens cinématographiques indiqués dans la grille de visionnage.

d) Expliquez en quoi ces moyens soulignent les motifs du départ de Suzanne.

Strategie

Auf Orte und Dekoration achten

Drehorte werden aufwändig ausgesucht. Neben technischen und finanziellen Aspekten spielen dabei auch z.B. die Lichtverhältnisse oder die akustischen Gegebenheiten eine Rolle. Die Bedeutung der Schauplätze, deren Ausstattung / Dekoration und ausgewählter Objekte im Film sollte nicht unterschätzt werden. Sie können bestimmte Motive und Stimmungen vermitteln (z.B. Stadt-Natur, Enge-Weite, Abgeschiedenheit-Gemeinschaft, Freiheit-Gefangenschaft) und dadurch einen großen Einfluss auf unser Hör-Seh-Erlebnis haben.

	Le cadrage / les plans / les mouvements de la caméra	Le lieu, le décor, les objets	La position de Suzanne	La lumière	La bande son (les bruitages, la musique)
Première partie					
Deuxième partie					
Troisième partie					
Quatrième partie					

Analyse : Les personnages et leurs relations

Vocabulaire : Relations entre les personnages p.10

9. Analysez les relations entre Suzanne, Maria, Nicolas, Charlie et Julien au cours de cette partie du film. Pour cela, déssinez un sociogramme. Représentez de façon visuelle les relations et les conflits entre les personnages, ainsi que leurs émotions. Vous pouvez utiliser les symboles ci-dessous.

Flèches et symboles utiles :

———	relation familiale	♥	relation amoureuse
- - - - - -	relation amicale	- - - - -→	sentiments / émotions (en vert)
———→	action	←——→	opposition
↯	conflit / crise (en rouge)		événement décisif

Écriture créative : Monologue intérieur

Méthode : Écrire un monologue intérieur (→ p. 39)

10. Après une discussion avec son père, Suzanne, perturbée, court vers l'hôtel où Julien habite. Dans sa tête, les pensées se bousculent. Écrivez un monologue intérieur dans lequel vous exprimez les pensées et sentiments de Suzanne à ce moment-là.

Méthode : Écrire un monologue intérieur

Les caractéristiques d'un monologue intérieur :

- Les phrases sont courtes, interrompues ou incomplètes.
- Les phrases ne suivent pas la syntaxe habituelle (phrases elliptiques, interjections).
- On utilise une ponctuation inhabituelle.

Pour un monologue intérieur, vous pouvez utiliser les expressions ci-dessous.

Références à la situation actuelle (Bezüge zur aktuellen Situation)	*J'aime bien… / Je déteste…* *Je ne m'attendais pas à ça. Il faut que je parle à quelqu'un.* *J'ai besoin de conseils.*
Interjections, phrases courtes, interrompues ou incomplètes, répétitions (Ausrufe, kurze, vollständige Sätze, Wiederholungen)	*Quelle journée / horreur / catastrophe !* *Quel idiot !* *Oh là là… Bof !* *Je comprends pas mes émotions…*
Se poser des questions (Fragen an sich selbst stellen)	*Comment réagir ?* *Mais parler à mon père ? Non !* *Pourquoi est-il parti ?* *Qu'est-ce que je peux faire ?*
Décrire ses sentiments (Gefühle) (siehe Vokabeln décrire ses sentiments)	*Je suis désespéré,e.* *Je me sens triste / seul,e.*
Faire des hypothèses (Vermutungen)	*Peut-être que…* *Est-il possible que…* (+ subj.)
Se souvenir (Geschehenes Revue passieren lassen)	*Quand je l'ai vu(e) la première fois…*
Les phrases avec *si* („Was wäre, wenn…")	*Si seulement ma mère vivait encore. Elle saurait quoi faire.* *Et si je partais simplement…*
Tirer des conclusions, prendre des décisions (Schlussfolgerungen ziehen, Entscheidungen treffen)	*C'est mieux de (ne pas)…* *Il faut que je…* (+ subj.)
Pour les pros (für Profis) : En se souvenant des événements (extérieurs) le narrateur évoque des pensées et émotions (intérieures). (Beim Erinnern an (äußere) Ereignisse werden (innere) Gedanken und Gefühle ausgelöst.)	*Quand je passe ce quartier, je pense toujours à…*

Partie 5 : Le retour de Suzanne [00:37:28 – 01:15:29]

D'abord

1. Qu'est-il arrivé à Suzanne pendant son absence ? Formulez des hypothèses.

Strategie

Hypothesenbildung beim Verstehen

Sie haben oft schon unbewusst gewisse **Erwartungen** an einen Film, wenn Sie den Titel, das Genre, die Namen der Darsteller/innen oder das Erscheinungsjahr erfahren. Sehen Sie das Filmplakat oder den -trailer, kann Ihnen das bereits helfen, die Hauptfiguren zu identifizieren, grob die Figurenkonstellationen zu erkennen und eventuelle Konflikte auszumachen. Während Sie den Film rezipieren, werden Sie wiederholt Hypothesen zur Figurenentwicklung und zum Handlungsverlauf aufstellen, die Ihnen **dabei helfen** werden, **das Gesehene und Gesprochene deuten und verstehen zu können**. Der Film wird dabei sicher oft, aber nicht immer, Ihre Erwartungen erfüllen. Daher ist es wichtig, dass Sie sich darauf einstellen, Ihre **anfänglichen Hypothesen immer wieder neu zu überprüfen** und gegebenenfalls zu ändern, indem Sie sie dem Handlungsverlauf anpassen.

Compréhension détaillée

2. Mettez les actions et situations dans le bon ordre en numérotant les phrases.

	Nicolas et Maria assistent au procès de Suzanne, dans lequel ils apprennent les accusations, entre autres le cambriolage (Einbruch) d'une maison et la violence contre une femme.
	Suzanne rend visite à son fils Charlie qui a 9 – 10 ans et vit dans une famille d'accueil.
	Sortie de prison, Suzanne va avec Maria dans un restoroute où elles retrouvent Nicolas.
	Maria s'occupe aussi de Charlie. Le soir, elle sort en boîte de nuit où elle croit voir sa sœur.
	Julien réapparaît dans le bus et emmène Suzanne dans son hébergement. Elle se comporte violemment envers lui mais finit par céder à ses sentiments. Il lui propose d'aller au Maroc avec de faux documents.
	Suzanne tente de se suicider en prenant des comprimés. Maria la trouve immobile sur le lit et appelle les secours. Suzanne se réveille à l'hôpital, où son père veille sur elle en larmes.
	Un an après la disparition de Suzanne, Nicolas prend un auto-stoppeur (Anhalter) en camion et l'interroge au sujet de sa fille. Après son travail, il s'occupe de son petit-fils Charlie.
	Maria vient voir Suzanne en prison. Elle lui remet un collier envoyé par Julien.
	Suzanne accepte de quitter le pays avec Julien.
	Suzanne travaille comme serveuse dans un restaurant.
	Suzanne se rend à l'hôtel dans la chambre 38 qu'elle occupait avec Julien.
	Suzanne se trouve en prison après avoir été arrêtée. Peu après, elle apprend par son avocate que Charlie a été placé dans une famille d'accueil.

Analyse : Le chaos sentimental de Suzanne

3. a) Notez les émotions de Suzanne et les situations dans lesquelles elle les ressent dans l'ordre chronologique sur l'axe horizontal. Notez l'intensité de l'émotion sur l'axe vertical.

b) Quels sont les moments les plus intenses pour Suzanne ? Justifiez votre réponse.

Strategie

Sich in die Figur eines Films hineinversetzen

Sie kennen aus Ihren eigenen Lieblingsfilmen und -serien das Gefühl, wenn Sie mit den Figuren mitfiebern. Sympathie und Empathie den Figuren gegenüber zu empfinden bringt Sie dazu, deren **Handeln und den Handlungsverlauf um sie herum noch genauer zu beobachten.** Das kann sogar dazu führen, dass Sie die **Perspektive der Figuren einnehmen und sich mit ihnen identifizieren.** Aber auch Figuren, die Ihnen anfangs unsympathisch erscheinen oder an deren Handeln Sie sich stören, verdienen es, dass Sie sich auf sie einlassen und versuchen, deren Gefühle, Gedanken und Motive nachvollziehen zu können. Aus diesem Grund ist eine umfassende Beschäftigung mit den Figuren wichtig, da ihr Charakter nicht allein für sich im Film steht, sondern durch soziale Hintergründe und persönliche Geschichten beeinflusst wird. Sich in die Figur eines Films hineinzuversetzen und zu versuchen, diese zu verstehen, wird Ihnen dabei helfen, zentrale Aspekte des Films an sich zu verstehen.

Analyse

4. Analysez la séquence 6.

a) Regardez les captures d'écran et remplissez la grille de visionnage.

b) Quels effets produit sur vous ce que vous voyez ?

c) Analysez le rôle du hors-champ dans cette séquence : Comment reflète-t-il les relations entre Suzanne et son père et sa sœur ? Qu'est-ce qui ne se passe que dans le hors-champ et quels sont les effets produits par ce choix cinématographique ?

	le cadrage / les plans	ce qu'on voit / l'action	les effets

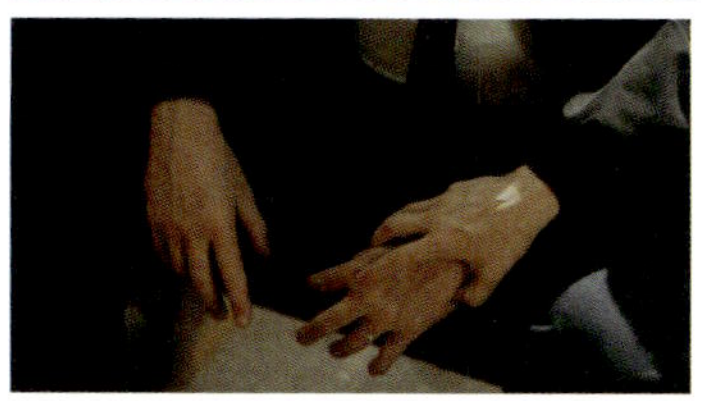			

Analyse : Les personnages et leurs relations

Vocabulaire : Relations entre les personnages (p. 10)

5. Analysez les relations entre Suzanne, Maria, Nicolas, Charlie et Julien dans cette partie du film. Pour cela, déssin un sociogramme. Représentez de façon visuelle les relations et les conflits entre les personnages, ainsi que leurs émotions. Vous pouvez utiliser les symboles ci-dessous.

Index de flèches et symboles utiles :

———	relation familiale	♥	relation amoureuse
- - - - - -	relation amicale	- - - - - -▸	sentiments / émotions (en vert)
——→	action	←——→	opposition
ϟ	conflit / crise (en rouge)		événement décisif

Analyse : Suzanne à la croisée des chemins

6. Quand Suzanne retrouve Julien dans le bus, elle est confrontée à un dilemme : Devrait-elle quitter le bus sans Julien ou l'accompagner ? Quelles seraient probablement les conséquences de sa décision ? Elle pense aux deux éventualités : mettez-vous dans la peau de Suzanne et écrivez ses idées en utilisant les phrases conditionnelles :

Si je quittais le bus sans Julien, …	Si j'accompagnais Julien, …

Commentaire

7. a) Visionnez la séquence 7.

b) Dans cette partie du film, le personnage de Suzanne est absent, pourtant elle est omniprésente. Expliquez cette phrase.

Partie 6A : Une lettre à Maria [01:15:30 – 01:17:49]

Vocabulaire : Parler des sentiments (p. 12)

D'abord

1. Mettez-vous à la place de Suzanne et décrivez ses sentiments.

Compréhension

2. Qu'est-ce qui lui passe par la tête lorsqu'elle voit la plaque commémorative de sa sœur / se rend à l'appartement de son père / rencontre la voisine ? Prenez des notes.

3. Suzanne a plein de regrets. Nommez-les.

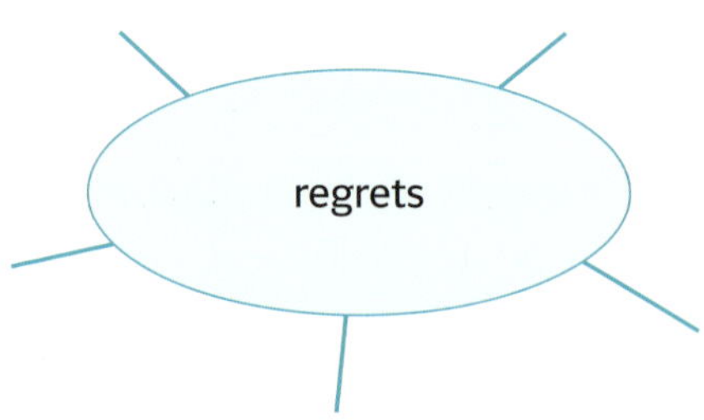

Écriture créative

4. Mettez-vous à la place de Suzanne et écrivez une lettre à sa sœur.

Étape 1 : Notez les aspects que vous avez envie de révéler pour structurer votre lettre dans la colonne de droite.

Étape 2 : Rédigez la lettre.

Chère Maria,

Méthode : Relire et réviser son texte après l'écriture

Planen Sie nach dem Schreiben ausreichend Zeit ein, um Ihren Text noch einmal gründlich zu lesen und zu überprüfen:

Inhalt	Sprache
Aufgabenstellung erfüllt?	passendes Register (Standard-Französisch oder Umgangssprache)?
Kriterien der Textsorte berücksichtigt?	sprachlich gut gegliedert (Konnektoren)?
sinnvolle Gliederung (Aufbau, Absätze usw.)?	abwechslungsreich (Wiederholungen vermieden)?
	sprachlich korrekt? Benutzen Sie die folgende Checkliste für Ihre Texte.

Fehler-Checkliste

Stimmen Subjekte und Verben überein?	*Il me voit.* *Ils nous achètent des bonbons.*
Stimmen die Verbformen?	*Elles vont en ville.* *Nous connaissons le chemin.*
Stimmen Substantiv und Artikel überein? (im Singular) (im Plural)	*„le" bei Substantiven, die auf -ment, -age enden* *„la" bei Substantiven, die auf -(a)tion, -ance, -euse, -ure, -(i)té, -erie enden* *Elle regarde les enfants.*
Stimmen die bestimmten und unbestimmten Artikel?	*Il y a des livres sur la table.* *Je regarde la télé.* *Il déteste les pommes.* *Ce sont les frères de Marie.* *Elle a les yeux bleus.* *Je cherche un cadeau.*
Stimmen die Mengenangaben?	*Il pose peu de questions.*
Stimmt der Teilungsartikel?	*J'écoute de la musique.*
Stimmen Substantiv und Adjektiv überein? Stimmt die Steigerungsform?	*Les filles sportives* *La région la plus belle*
Stimmt die Unterscheidung zwischen Adjektiv und Adverb?	*Cette ligne de bus est directe.* *Elle va directement à la gare.*
Stehen die Adjektive und Adverbien an der richtigen Stelle?	*La fille porte une robe verte.* *Elle a des bonnes notes.* *Il parle bien anglais.*
Stimmen Substantiv und Possessivbegleiter / Demonstrativbegleiter überein?	*Hugo téléphone à sa mère. Léa cherche son ami.* *Ils rencontrent leurs camarades de classe.* *Je n'aime pas ce film.*

Stimmen die Pronomen?	*Je vois la voisine. Je la vois.* *Pierre donne un cadeau à sa copine. Il lui donne un cadeau.* *C'est le garçon qui me plaît.* *Ils veulent savoir ce qu'il fait.* *C'est le livre dont j'ai besoin.*
Stehen die Pronomen an der richtigen Stelle?	*Je lui ai téléphoné hier.* *Elle n'a pas pu le rencontrer.* *Il y en a*
Stimmt die Negation?	*Personne ne m'aime.* *Je ne le vois pas non plus.*
Stimmt das Hilfsverb beim Passé composé?	*Il est vite parti.* *La famille a déménagé.*
Stimmt die Angleichung des Partizips beim Passé composé mit „être"?	*Elles sont sorties.* *L'étudiante s'est inscrite.*
Stimmt die Angleichung des Partizips bei vorangehendem Objekt?	*les poèmes qu'il a lus* *Combien de photos as-tu prises ?*
Stimmen Tempus und Modus im si-Satz?	*Si j'étais riche, j'achèterais…* *Si tu étais arrivé plus tôt, tu l'aurais vu avant son départ.*
Stimmt der Modus im que-Satz? (indicatif ou subjonctif)	*Il faut que j'aille faire des courses.* *J'espère qu'il reviendra bientôt.*
Stimmt die Zeitenfolge in der indirekten Rede?	*Il m'a dit qu'il allait à Paris.*
Stimmt der Ausdruck?	*Dans le texte, il s'agit de…*
Stimmt die Wortart?	*Pendant le cours…* *Pendant qu'il travaille…*
Stimmt die Rechtschreibung?	*beaucoup* *un exercice* *un exemple* *le développement* *la façon*
Stimmen die Akzente?	*ou* ***vs*** *où* *très* *j'espère* *tu achètes* *la religion* *la région*

Partie 6B : La décision finale de Suzanne [01:17:50 - 01:20:10]

D'abord

1. Regardez les images et récapitulez le problème dont il est question dans cette scène.

Compréhension

2. Décrivez les sentiments de Suzanne au cours de cette séquence / situation.

3 Suzanne doit-elle révéler sa véritable identité ? Trouvez des arguments pour et contre.

POUR

CONTRE

Commentaire

4. Pourquoi est-ce que Suzanne a choisi de dévoiler son identité ? Écrivez un commentaire.

Méthode : Écrire un commentaire personnel (→ p. 20).

Partie 7 : Une fin heureuse [01:20:11 – fin]

D'abord

1. Comment avez-vous imaginé la fin du film ?

Compréhension détaillée

2. Notez ce que vous apprenez sur les protagonistes Suzanne, Nicolas et Charlie dans cette séquence.

Suzanne

Nicolas

Charlie

Avant le visionnage
Vocabulaire : Parler du cinéma et des films
(→ p. 5)

Analyse

3. Analysez la séquence 8.

a) Décrivez l'ambiance que dégage cette séquence.

b) Analysez les moyens que la réalisatrice emploie pour créer cette ambiance.

le cadrage / les plans et les images	la bande son (les bruitages, la musique)

Strategie

Auf (Hintergrund-)Geräusche und die Filmmusik achten

(Hintergrund-)Geräusche und die im Film vorkommende Musik können Fluch und Segen sein. Zum einen können sie das Verstehen gesprochener Texte erschweren, wenn sie diese auditiv überlagern. Zum anderen können sie Sie beim Verstehen der Filminhalte unterstützen. Sie sollten die (Hintergrund-)Geräusche und Musik als Hilfsmittel ansehen, denn ihr Einsatz im Film ist wohl überlegt. Sie lenken die Aufmerksamkeit auf einen bestimmten Aspekt, machen Handlungen lebendiger, erschaffen oder untermalen eine bestimmte Atmosphäre oder stellen die Gefühlswelt der Figuren auditiv dar. Stellen Sie sich bei der Untersuchung der (Hintergrund-)Geräusche und der Filmmusik folgende Fragen:

Wie lassen sich (Hintergrund-)Geräusche und Filmmusik beschreiben?

Stehen (Hintergrund-)Geräusche und Filmmusik mit den Bildern im Einklang oder bilden sie einen Kontrast zu ihnen? Welchen Effekt kann das haben?

Sind sie „on" oder „off"? Ist ihre Quelle ist im Bild zu sehen („on") oder nicht zu sehen („off") und welchen Effekt kann das haben?

Commentaire

4.a) Sur qui se concentre cette partie du film ? Quelle est, d'après vous, la vision que le film suggère pour la vie future de Suzanne ? Prenez aussi en compte les résultats de votre analyse de l'activité 2 pour répondre. Justifiez votre réponse.

Méthode : Écrire un commentaire personnel p. 20

b) Le film Suzanne *a-t-il une fin heureuse ? Écrivez un commentaire.*

Modul 3: Après le visionnage

3.1 L'affiche du film

Quelles hypothèses (n')ont (pas) pu être confirmées par le film ?

Hypothèses confirmées :

Hypothèses non confirmées :

3.2 Le profil des protagonistes dans le film *Suzanne*

Vocabulaire : Relations entre les personnages (→ p. 10)

Quand le / la scénariste écrit le scénario d'un film, il / elle commence à transformer une idée en un récit qu'il / elle essaie de rendre passionnant. Pour cela, il est nécessaire de créer des personnages avec des profils complexes et nuancés. Dans ce contexte, on parle ainsi de « profil » : en effet, un « profil » est plus riche et varié qu'un simple portrait car il contient plus d'informations sur le personnage. Le scénariste doit tout construire autour de ce personnage, y compris des informations qui ne sont pas racontées directement dans le film.
Mettez-vous dans la position du scénariste et créez le profil d'un protagoniste du film Suzanne. Répondez aux questions ci-dessous en vous basant sur vos connaissances sur ce personnage. Si les questions vont au-delà de vos connaissances, imaginez des réponses logiques et compréhensibles.

1. L'environnement : Qui est-il / elle et d'où vient-il / elle ? (les influences culturelles, l'époque, le milieu social)

2. Le vécu : Qu'est-ce qu'il / elle a vécu ? (la biographie)

3. L'aspect physiologique: Quelle apparence a-t-il / elle ?

4. Les relations interpersonnelles : Comment sont ses relations avec les autres personnages ?

Méthode : Faire le portrait d'un personnage

Pour décrire le physique

C'est un garçon / une fille / un homme / une femme âgé(e) d'environ… ans
C'est un personnage de grande / petite taille (*Größe*), mince (*schlank*) / corpulent / bien bâti (*gut gebaut*) / à l'air sportif / chauve (*glatzköpfig*)

Il / Elle a…
- le teint (*Hautfarbe*) pâle (*hell*) / mat, basané (*dunkel*) / bronzé (*gebräunt*)
- un visage rond / ovale / en longueur (*länglich*)
- les cheveux bruns / châtains / blonds / roux / noirs / longs / courts / mi-longs / bouclés (*gelockt*) / frisés (*kraus*) / raides (*glatt*) / teints (*gefärbt*) en rouge
- les yeux bleus / verts / marron / gris / noirs
- un tatouage / des tatouages
- une cicatrice (*Narbe*)
- des taches de rousseur (*Sommersprossen*)
- un grain de beauté (*Muttermal*)

Il / Elle porte…
- une barbe (*Bart*) / une moustache (*Schnurrbart*)
- des lunettes
- des bijoux : des boucles d'oreilles (*Ohrringe*) / une bague (*Ring*) / un collier (*Kette*)

On n'apprend rien sur…

Pour parler des vêtements

porter…
- des vêtements chics / élégants / sportifs / légers / à la mode / démodés (*altmodisch*) / de couleur claire / sombre
- un pantalon noir / un jean bleu / une jupe verte / une robe décolletée (*mit Ausschnitt*) / un costume (*Anzug*) / un t-shirt jaune / un pull / un long manteau / une chemise / un chemisier (*Bluse*) / des hauts talons (*Stöckelschuhe*) / des baskets blanches / des chaussures / des bottes (*Stiefel*)

Pour qualifier l'impression produite

C'est…
- un bel homme
- un homme séduisant / repoussant (*abstoßend*)
- une jolie femme
- une femme ravissante (*bezaubernd*) / charmante / laide

Il / Elle a l'air…
- vivant / dynamique
- sportif / maladif / anxieux

Il / Elle a le regard…
- vif / effaré (*verwirrt*) / étonné / endormi / vide / brillant / doux / malicieux (*verschmitzt*) / sensuel / expressif / menaçant / profond / perçant (*durchdringend*)

Il / Elle dégage une impression de vitalité / dynamisme / rigidité (*Steifheit*)…

Pour caractériser le personnage et parler de son comportement	
Il / Elle a… bon / mauvais caractère une forte / faible personnalité de bonnes / mauvaises manières	
Il / Elle aime / s'intéresse à Il / Elle refuse de / choisit de Il / Elle dit / pense que Pour lui / elle, On apprend que	
Il / Elle est… naturel(le) / spontané(e) extraverti(e) ouvert(e) / franc(he) (*aufrichtig*) aimable / gentil(le) / sociable (*gesellig*) généreux (-euse) / chaleureux (-euse) gai(e) (*heiter*) / optimiste insouciant(e) (*unbekümmert*) énergique / dynamique sûr(e) de lui / d'elle(*selbstsicher*) sérieux (-euse) (*ernst*) discret (-ète) / timide passionné(e) modeste (*bescheiden*) serviable (*hilfsbereit*) sensible rêveur(-euse) triste / mélancolique	 indécis(e) (*unentschlossen*) naïf (naïve) lâche (*feige*) renfermé(e) (*verschlossen*) / pessimiste froid(e) insensible râleur (-euse) (*nörglerisch*) autoritaire colérique calculateur / calculatrice (*berechnend*) menteur(-euse) (*verlogen*) impitoyable (*mitleidslos*) indifférent(e) (*gleichgültig*) égoïste hypocrite (*heuchlerisch*) excentrique
Sa manière d'agir / sa conduite Son comportement Ce qu'il / elle dit Cela veut dire que… C'est pourquoi on peut dire que… On se rend compte que… Pour cela, on peut supposer que… Peut-être que…	 indique / montre / permet de penser que…

3.3 L'évolution de Suzanne

Le personnage principal (le héros / l'héroïne) du film est l'élément moteur de l'action : en réalisant son désir, il surpasse ses faiblesses et comble son besoin. Dégagez les faiblesses, le désir et le besoin de Suzanne et les rôles que jouent les autres personnages pour l'aider à / l'empêcher d'atteindre son but.

Le désir : Ce sont les actions, visibles pour le spectateur, que le héros accomplit pour finalement réaliser son besoin.

Son désir :

Ses faiblesses :

Le besoin : C'est ce que le héros doit accomplir en lui-même pour améliorer sa vie. Le besoin n'est que sa transformation.

Son besoin :

Les fonctions des personnages secondaires

Maria	Nicolas	Julien	Charlie

3.4 Le déroulement de l'intrigue de « Suzanne »

Les actions d'un récit s'organisent en une intrigue (Spannungsbogen). *L'intrigue est composée des 5 moments / phases présentés ci-dessous. Mettez ces moments / phases à la bonne place sur le schéma pour montrer de façon visuelle le déroulement de l'intrigue. Complétez votre schéma avec les actions les plus importantes du film :*

le second tournant | le dénouement | l'exposition | le climax | le premier tournant

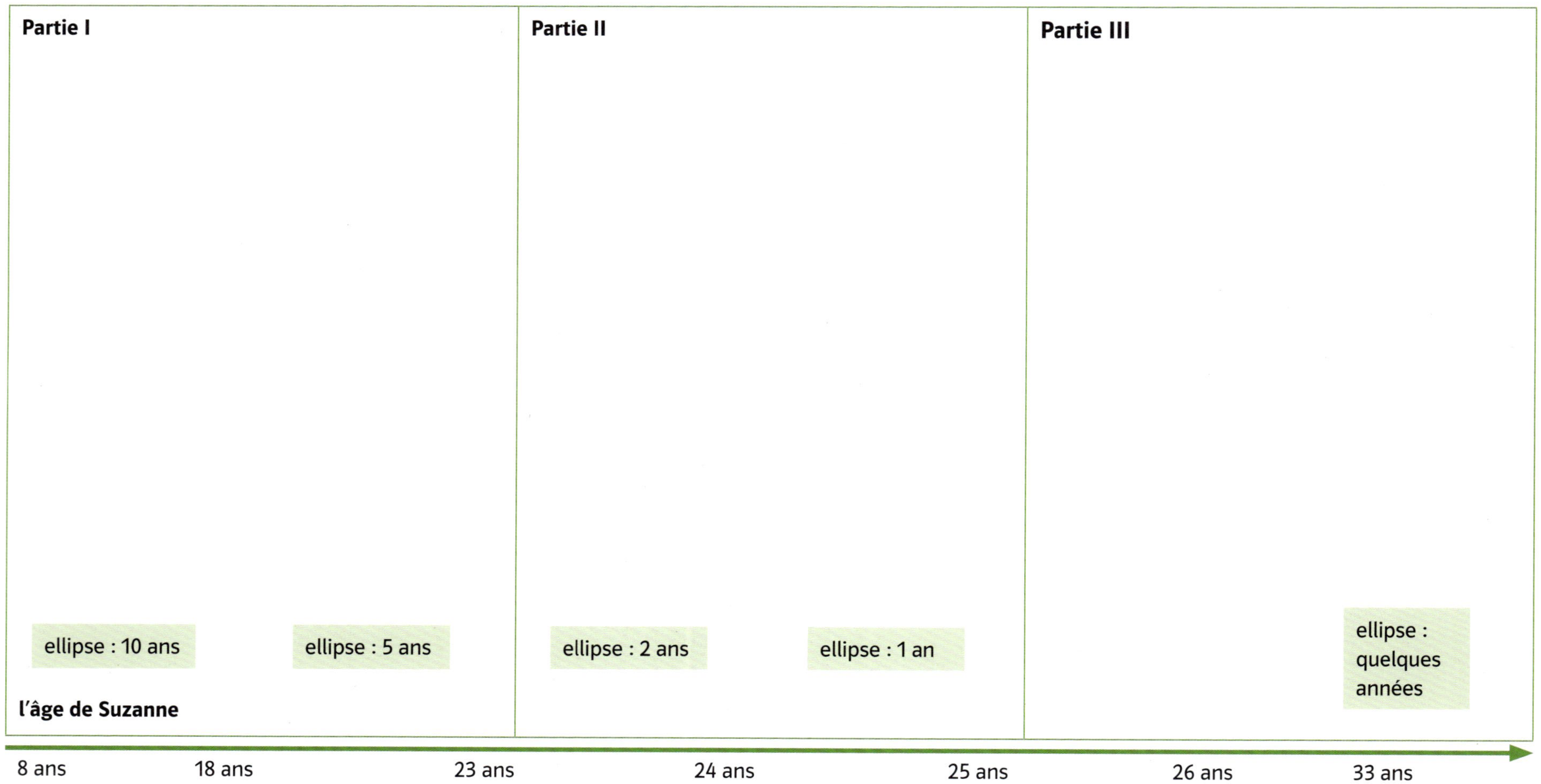

3.5 La critique de film

1a) Lisez les critiques du film « Suzanne ».

Texte 1

Suzanne

Si Suzanne rallie le camp des femmes de malfrats, embarquée dans une cavale intermittente (...), le film, lui, évite soigneusement cette piste. De manière surprenante et risquée, Suzanne adopte un montage ellipsé, structure qui lui permet de couvrir une vingtaine d'années de la vie de l'héroïne et de ses proches, s'attachant au parcours affectif plutôt qu'à la fugue criminelle judicieusement maintenue en hors-champ. Ce timing-là, tout sauf arbitraire, est la trace d'un rapport subjectif au temps : émancipée des passages obligés d'une vie, la narration installe une fièvre qui n'appartient qu'à elle, une tension invisible, selon une logique de choix suicidaires et de désir aveugle, de liberté et de soumission.

Jonglant avec les états extrêmes – mère tendre et complexe, amante *on fire*, détenue de prison exsangue, au seuil de la folie –, Sara Forestier prouve qu'elle est l'actrice la plus viscérale et frondeuse de sa génération. Ravivant les couleurs du mélo sur trois générations, en une saga familiale sombre et follement attachante. Emily Barnett,

Emily Barnett, www.lesinrocks.com/cinema/films-a-l-affiche/suzanne/17.12.2013

Vocabulaire :
1 **un malfrat** kleiner Gauner – 1 **une cavale** Ausbruch, Flucht – 5 **arbitraire** willkürlich – 10 **exsangue** *hier*: fahl – 10 **viscéral,e** *ici :* instinctif/-ive – 11 **frondeur/-euse** widerspenstig – 11 **le mélo** le mélodrame

Texte 2

Die unerschütterliche Liebe der Suzanne – Kritik

(...) Das Verfahren des elliptischen Erzählens – immer wieder wird der Film von einigen Sekunden Schwarzbild unterbrochen, in die sich mehrere Jahre einfalten – wird in Suzanne zum Ohnmachtsprinzip. (...) Natürlich: Der Zuschauer muss die Lücke füllen, muss seine Erfahrung, seine Biografie, seine Traumata reflektieren und hervorholen, um den Film zu komplettieren, so Quillévérés programmatische Behauptung. Von der emphatischen Aktivierung grenzenloser Fantasie, oft schimmert dieser romantische Gestus durch den Film hindurch, kann hier allerdings nicht die Rede sein, zu sehr (...) programmiert Quillévéré die Leerstellen: Es ist eben nicht vergangene Zeit, im Sinne tatsächlich vergehender Zeit, sondern vergangene Zeit im Sinne des vorenthaltenen Ereignisses, des Nachträglichkeitsschocks. Die leere Zeit ist dann doch mit Inhalt gefüllt: in aller Regel mit Pessimismus. Quillévéré verheddert sich dadurch in einer letztlich recht altmodischen und häufig bitter manipulativen Ästhetik.

Diese Ästhetik reibt sich mit dem vorgetäuschten Realismus, den der Film behauptet, einem Realismus, der auf die Wirklichkeitsbezüge der Zuschauer abhebt. Die Formbestimmungen der Tragödie – Suzanne verlässt ihr Kind, sie flieht mit ihrem Geliebten Julien (Paul Hamy), sie kommt ins Gefängnis, ihr Vater weint im Gerichtssaal: Suzanne ist dazu verdammt, im Leben immer zu spät zu kommen – sind zu tief in die Geschichte eingeprägt. Wo der Zuschauer in seine Erfahrungen entlassen wird, wird er in seinen Affekten kontrolliert. Das macht Suzanne zu einem unausgeglichenen Zwitterfilm, dem es nicht gelingt, aus seinem Zwittersein die originelle Eigensinnigkeit zu schöpfen. Gleichzeitig aber gibt es etwas, das sich der Gussförmigkeit der Erzählung entzieht. Es ist das Schauspiel von Sara Forestier. (...) Ihr Spiel hat etwas opernhaftes, in ihm ist immer etwas eine Spur zu viel, ihre Miene ist stets überschüssig. (...) Wenn der Film mit einer langen Einstellung auf ihrem Gesicht endet, wenn sich ihr befreites Lächeln zur bedeutungsgeladenen Nachdenklichkeit verzieht, lässt sich kaum noch sagen, wie der Film endet.

Lukas Stern, critic.de, 09/05/14 https://www.critic.de/film/suzanne-5637/

b) Présentez les points de vue des critiques que vous venez de lire. Puis examinez-les et donnez votre propre opinion sur les aspects abordés.

Alternative : Écrivez une critique de film sur « Suzanne » et publiez votre texte sur : www.allocine.fr

Module 4 : Au delà du film

4.1 Les prénoms des protagonistes sont-ils bien choisis ?

1. Trouvez des adjectifs qui correspondent aux personnages du film.

Nicolas

Suzanne

Maria

Charlie

Julien

*2. Lisez l'article et résumez les informations les plus importantes sur le prénom des personnages. Pour avoir accès au QR-code, scannez-le avec votre smartphone / tablette. Ou vous insérez le code **ukgspxs** dans le champ de recherche sur www.klett-sprachen.de*

Nicolas Merevsky	Suzanne Merevsky	Maria Merevsky	Charlie Merevsky	Julien

Nicolas

Maria

Suzanne Merevsky

Charlie

Julien

3. Analysez en quoi la signification du prénom convient ou non aux personnages.

4. Qu'est-ce qui pourrait prouver que les prénoms ont été utilisés comme éléments stylistiques ?

Élément stylistique ?

5. Cherchez des informations sur votre prénom (signification, origine, provenance, caractéristiques attribuées). Partagez-vous l'opinion présentée dans l'article? Justifiez votre réponse.

Signification de mon prénom :

–

–

Justification(s)

Méthode : Rédiger une critique de film

Introduction

Récemment, j'ai vu…

C'est un(e) comédie (dramatique) / drame / film fantastique, policier…

J'ai entendu parler de ce film (à la télévision) …

Ce scénario / film a obtenu des prix prestigieux : …

Parler de l'histoire

C'est l'histoire de / d'un(e)… = il s'agit de / d'un(e)…

C'est l'histoire de la vie de … (quelqu'un de très connu).

Le film nous raconte l'histoire de… / retrace la vie de…

L'action / l'histoire	… se situe à / a lieu à / se déroule à … commence … … continue / reprend … … se déroule / se passe à (+ lieu) / en (+année) …

Le réalisateur retrace la vie de… (= zeigt das Leben von)
Ce film est basé sur une histoire vraie / authentique.

Au début, … → Au cours du film … → À la fin … / Dans la dernière scène, …

L'histoire prend un tournant *(= Wendung)* captivant *(= spannend)* / plein de suspense / heureux / fatal / surprenant.

L'histoire / Le film se termine bien / mal / par une tragédie.

L'histoire est pleine de suspense.

Le suspense diminue *(= nimmt ab)* / augmente *(= nimmt zu)* / monte…

Parler des personnages

Les personnages principaux du film sont : …

X est le personnage central / le protagoniste / le héros / l'héroïne.

Le personnage principal	… s'appelle *(+ nom)* … devient / se transforme en…	… se sent *(+adj.)* … se montre *(+ adj.)* … se prend pour … *(= sich halten für)* … joue un rôle décisif

X est charmant(e) / d'un bon naturel / sûr(e) de lui / d'elle *(= selbsbewusst)* / arrogant(e) / trompeur/-euse *(= betrügerisch)* …

La relation entre les personnages est tendue *(= angespannt)*, chaleureuse *(= warmherzig)*, troublée, compliquée, conflictuelle, respectueuse, honnête.

X prend conscience de *(= sich einer Sache bewusst werden)*

X rêve de … À la fin, il / elle devient …

Parler de l'ambiance

L'ambiance du film est hystérique, tendue, conflictuelle, explosive, froide, glaciale, angoissante (= beängstigend), captivante, surprenante, …

Parler de la technique d'un film

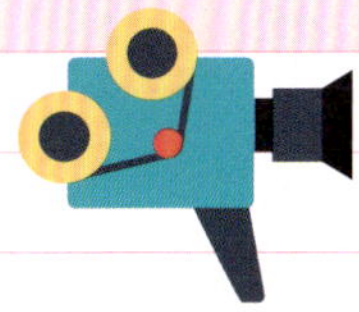

C'est un film très sophistiqué techniquement.

Les effets spéciaux et le graphisme sont de bonne qualité.

Les cascades (= Stunts) sont impressionnantes.

Parler du scénariste / du réalisateur

Le / La scénariste explique / décrit …	Il / Elle attire l'attention du lecteur sur …
Le / La scénariste prend parti pour …	Il / Elle critique / condamne *(= verurteilt)* / attaque …
L'auteur(e) défend *(= verteidigt)* …	Le / La scénariste justifie *(= rechtfertigt)* …
Il / Elle cherche à convaincre *(= überzeugen)* le lecteur de ses idées.	Il / Elle appelle le spectateur à lutter contre …

Donner son avis

C'est une histoire originale, ludique, humoristique, touchante *(= bewegend)*, invraisamblable *(= unglaubwürdig)*, ennuyeuse, …

L'histoire (ne) me touche (profondément).

Je n'aurais jamais cru que… / je n'aurais jamais pensé que…

J'ai été ému(e) *(= berührt)* et transporté(e) dans un autre monde par ce film.

Ce que je (ne) trouve (pas) bien, c'est que… (le réalisateur a choisi des acteurs célèbres pour interpréter ses personnages).

Pour moi, c'est un très grand succès / c'est un véritable chef d'œuvre *(= Meisterwerk)*.

Je trouve … excellent(e)s parce que…

J'aimerais revoir ce film / relire ce scénario.

J'étais déçu(e) de l'histoire parce que

Le film cherche à faire la morale au spectateur / à la spectatrice. Il veut lui donner une leçon.

Pour moi, le film est trop artificiel *(= künstlich)* / il est presque kitch.

Recommander un œuvre littéraire ou un film

Allez voir ce film / regardez ce film / il faut absolument voir ce film, il en vaut vraiment la peine.

Peut-être qu'on pourrait aller le voir ensemble ce week-end si tu veux ?

4.2 Grandir : Les jeunes d'aujourd'hui

Egocentrique ou engagée : les deux visages de la génération Z

Après les millennials, place à la génération Z ! À la fois engagés et auto-centrés, accros aux images parfaites d'Instagram et en quête d'acceptation de soi, une seule lettre ne suffit pas à définir ces adolescents.

Plus connectée et diverse que jamais, la génération Z défie tous les stéréotypes. Il y a ceux qui emploient leur temps à récolter les likes sur Instagram et ceux qui veulent changer le monde à coups de hashtags sur Twitter. Ceux qui érigent Kylie Jenner en idole et ceux qui admirent les activistes engagés. Il n'y pas une mais *des* générations Z. Dans ce large éventail de personnalités, la Generation Me – génération du moi – s'oppose à la Generation We – génération du nous.

Génération We : activisme, inclusivité et Tech for Good

Pour la Génération We, moins visible mais tout aussi connectée, la compassion est bien plus cool que les dernières baskets de Kanye West. Ces adolescents s'opposent frontalement aux dangers des réseaux sociaux, qui peuvent impacter leur santé mentale, et veulent mettre les nouvelles technologies au service bien. À seulement 16 ans, Amanda Southworth a déjà développé deux applications pour aider sa génération à se sentir mieux : AnxietyHelper pour la santé mentale des jeunes et Verena destinée à la communauté LGBTQ.

Les mots d'ordre de la Génération We sont body positivism et acceptation de soi. Sur les fils Instagram, pas de culte de la perfection. Au contraire, ces jeunes érigent leur vulnérabilité comme une force avec toujours la volonté d'inspirer chacun à être soi-même. Ce n'est pas Kim Kardashian qu'ils suivent sur les réseaux sociaux mais des comptes comme celui de Peter Devito qui publie des portraits non retouchés de mannequins avec de l'acné.

À la différence des « Me », les « We » accordent encore beaucoup d'importance aux études supérieures même si les institutions doivent changer pour s'adapter à leurs valeurs. Ils aspirent à faire le bien et veulent des universités plus green, plus inclusives, avec plus de diversité. Et la génération We compte bien apporter ses valeurs dans le monde du travail. « Je ne crois pas que les dirigeants d'entreprises devraient essayer d'enfermer notre génération dans un stéréotype. Ce qui nous définit est notre diversité et ils devraient considérer chaque personne pour ce qu'elle est vraiment », explique Kristie, une Américaine de 19 ans.

Cette génération plus engagée que jamais adopte des modes de consommation qui lui sont propres. La génération du nous préfère dépenser plus pour des aliments de qualité – un quart de son budget – que des vêtements (20% du budget). Ils comptent bien changer le monde et militent pour des restaurants avec des options plus diverses et inclusives : végétariennes, sans gluten ou halal. Alors que la Génération Me passe son temps en ligne pour nourrir ses propres intérêts, les We utilisent la technologie pour communiquer et s'organiser autour d'activités qui ont du sens comme le mouvement « anti-armes à feu » #MarchForOurLives à la suite de la tuerie dans le lycée de Parkland en Floride.

3 **être accro à qc** être dépendant de qc – 6 **défier** *ici :* sich hinwegsetzen über – 13 **ériger qn en idole** élever qn au rang d'un idol – 19 **la compassion** Mitgefühl – 21 **impacter** influencer fortement – 31 **aspirer à faire qc** danach streben etw zu tun – 39 **militer pour** lutter pour – 43 **la tuerie** Blutbad

Génération Me : likes, réseaux sociaux et entrepreneuriat

Souvent plus visible, la génération Me est accro aux tendances et s'efforce de les suivre jusqu'à l'épuisement émotionnel. Ils ont grandi avec les réseaux sociaux et jonglent constamment entre deux identités : virtuelle et réelle. Pourtant bien conscients des risques pour leur santé mentale, ils ne se détournent pas pour autant des médias sociaux. « On n'a pas vraiment le choix d'être ou non sur les réseaux sociaux, la vraie question c'est plutôt de savoir ce qu'on y fait » déclare Paris, une Australienne de 15 ans interrogée dans le cadre de l'étude WGSN. Sur ces canaux digitaux, ils ne communiquent plus avec des mots ni avec des emojis mais avec des mèmes.

La génération Z, c'est avant tout la génération YouTube. Avec ses millions de vidéos et des formats plus bizarres les uns que les autres, le réseau social remplace la télévision. Désormais tout s'apprend sur Internet. Alors pourquoi aller à l'école ? Les moins de 18 ans remettent en cause les modèles traditionnels de l'éducation. Des modèles qui ne sont plus en phase avec leurs aspirations professionnelles : en Chine, 54% d'entre eux rêvent d'être livestreamer. Quand ils se tournent malgré tout vers les systèmes éducatifs traditionnels, ils ne veulent pas de théorie. Ils cherchent avant tout à acquérir des compétences pratiques et concrètes pour exercer un métier plus épanouissant que bien rémunéré.

Pour cette génération du moi, accro aux tendances et aux influenceurs, la priorité est au personal branding. Pour exister sur les réseaux sociaux, il faut se distinguer et trouver la prochaine tendance avant tout le monde. La quête de la prochaine nouveauté qui envahira Instagram ou YouTube est une pression constante sur les épaules de cette Génération Me. Un phénomène qualifié de « hype culture » et illustré par des marques comme Supreme, Palace ou Bape pour lesquels les clients sont prêts à patienter des heures et dont les produits se revendent à prix d'or. Pour gagner de l'argent de poche, les membres de la génération Z ne passent plus leurs étés à travailler au fast-food. Ils préfèrent s'engager dans le business de la revente d'article de mode de marques prisés sur des plateformes spécialisées. Un « petit job » qui peut rapporter plusieurs milliers de dollars ainsi qu'une expérience entrepreneuriale.

Qu'ils soient plutôt Génération Me ou Génération We, rien n'est vraiment figé pour cette génération où tout va très vite. Sur les réseaux sociaux, là où tout se passe, des jeunes actrices engagées comme Amandla Stenberg ou Rowan Blanchard peuvent même faire le lien entre les Me et les We.

Alice Huot, 11.06.2018, www.ladn.eu/nouveaux-usages/etude-marketing/generation-z/

45 **entrepreneurial,e** unternehmerisch – 46 **s'efforcer de faire qc** sich bemühen etw zu tun – 47 **l'épuisement (m.)** la fatigue – 49 **se détourner** sich abwenden – 52 **un mème** ein Meme – 55 **remettre en cause** in Frage stellen – 59 **épanouissant,e** intéressant – 59 **bien rémunéré,e** gut bezahlt – 62 **se distinguer** *hier:* sich hervorheben – 63 **la quête** – la recherche – 63 **envahir** *ici :* überschwemmen, Einzug halten – 71 **figé,e** feststehend, unveränderlich

1. Présentez la « Génération We » et la « Génération Me » à partir des informations de l'article.

2. Est-ce que vous vous identifiez avec l'image que l'article donne de votre génération ? Écrivez un commentaire.

4.3 Rêves et désirs

Vous allez écouter la chanson intitulée « Chair » chantée par Barbara Pravi (2020). Dans cette chanson, la chanteuse évoque un moment de la vie d'une femme (à qui elle s'adresse dans la chanson) qui a eu un grand impact sur son avenir.

Pour écouter la chanson, scannez cette page avec l'application Klett Augmented.

Avant l'écoute

1. À partir du titre, formulez des hypothèses sur le sujet de la chanson.

Pendant l'écoute

2. Notez les informations sur la personne à qui elle s'adresse dans la chanson quand elle dit « tu » et sur les sentiments de cette personne à 17 ans.

Informations	Sentiments

3. a) Réécoutez la chanson. Il y est question de ce que ressent une jeune femme à 17, puis à 20, puis à 26 ans. Notez les sentiments associés à la jeune femme de 20 et de 26 ans.

ses sentiments (à 20 ans)	ses sentiments (à 26 ans)

3 b. Lisez les paroles de la chanson (voir p. 72) et comparez vos résultats (3a). Puis ajoutez les informations manquantes si nécessaire.

Après l'écoute

4. Notez les émotions dans l'ordre chronologique (17 ans / 20 ans / 26 ans) sur l'axe horizontal. Notez l'intensité de l'émotion sur l'axe vertical. Puis analysez le développement entre ces différents stades.

Méthode : Écrire un commentaire personnel (→ p. 20)

5. Lisez les paroles de la chanson. Quel est le message de cette chanson ? Écrivez un commentaire.

***Chair* de Barbara Pravi**

8h27
Le ciel bleu rend presque l'hôpital joli, presque
T'as 17 ans, quasi 17 et demi
Une boule immense dans le cœur
Tu traverses la cour, t'espères croiser personne
Que ça dure pas longtemps
Une pilule puis voilà
La honte ? Elle passera
T'es comme l'enfant percé que le futur remplira, mais c'est trop tôt pour ça.
« Barbara, vous êtes sûre » ?
On t'explique la vie. Autour ça s'agite
Et puis y a cette phrase qu'on te jette à la gueule :
« Mais vous n'êtes qu'une pute !
C'est ce qui arrive, bah ouais !
Vous n'êtes pas protégée et vous serez peut-être stérile, il fallait y penser »
Bien sûr que t'y as pensé.
8h50
Tu sors de cette pièce effondrée
Pleine de culpabilité
Ma chair, mon corps
Ma chair, ma chair
Ma chair, ma chair
Ma chair, mon corps
Ma chair, mon corps
Ma chair, mon corps
Mon corps, mon corps
T'as 20 ans, 20 ans c'est beau, non?
Pourtant tu sais pas bien, la confiance à zéro
Tu bois des verres en trop pour te sentir un peu moins
Tu flambes, tu fais la belle, tu fais comme si de rien
Mais au fond tu te vois comme ils te regardent eux
Sans valeur, sans avenir, sans douceur, sans plaisir
Et tu crois que le sexe est lié à la violence
Tu crois que l'essentiel c'est de garder la face
Si tu joues bien, ça passe
Quand on joue bien, tout passe
Tu fuis en avant pour ne pas t'écouter
Ne pas te comprendre, même pas te respecter
Tu t'coupes les cheveux courts, te tatoues de conneries
Les petites défaites, les fêtes qui dégénèrent
Et les larmes dans l'aube, qu'est-ce que tu peux y faire ?
Ma chair, mon corps
Ma chair, ma chair
Ma chair, ma chair
Ma chair, mon corps
Ma chair, mon corps
Ma chair, mon corps
Mon corps, mon corps
T'as 26 ans, le ciel bleu rend presque le boulevard joli
Presque
T'as 26 ans, quasi 26 et demi
Maintenant tu te sens prête, tu t'entends résonner
Et puis t'abandonner
Maintenant tu t'écoutes (maintenant tu t'écoutes)
Tu sais que t'as le droit de te laisser aller
Et de te dire je t'aime (je t'aime, je t'aime, je t'aime, je t'aime)
D'offrir à ta peau des tas d'autres souvenirs
De l'amour, du respect, des baisers, du désir
D'offrir à ta peau des tas d'autres souvenirs
Amour, respect, baiser, désir
Sans le savoir, je m'avançais
J'avançais vers ma chair chérie
Sans le savoir, tu avanceras
T'avanceras vers ta chair, ma chérie
Maintenant qu'on sait, nous avançons
Avançons vers nos chairs chéries
Avançons vers nos chairs guéries
Avançons vers nos chairs
Sans le savoir, je m'avançais
J'avançais vers ma chair chérie
Sans le savoir, tu avanceras
T'avanceras vers cette chair, ma chérie
Maintenant qu'on sait, nous avançons
Avançons vers nos chairs chéries
Avançons vers nos chairs guéries
Avançons vers nos chairs
Ma chair, mon corps
Ma chair, ma chair
Ma chair, ma chair
Ma chair, mon corps
Ma chair, mon corps
Ma chair, ma chair
Ma chair, ma chair

4.4 Révolte : Le cinéma français et #metoo

Avant la lecture

1. Informez-vous sur le mouvement social #MeToo et sur le réalisateur Roman Polanski dans le contexte de ce mouvement.

Wortschatz

Vocabulaire utile :

le harcèlement sexuel – die sexuelle Belästigung
l'agression sexuelle – die sexuelle Nötigung/Gewalt
violer qn, le viol – jdn vergewaltigen, die Vergewaltigung
la révélation – die Enthüllung

2. Lisez l'article sur Adèle Haenel qui joue le rôle de Maria dans Suzanne.

#Metoo : Adèle Haenel estime que la France « a complètement raté le coche »

Selon l'actrice, le système judiciaire français n'a pas fait des violences faites aux femmes sa priorité, et il « doit s'amender ».

Adèle Haenel fustige le système judiciaire lorsqu'il s'agit de violences sexuelles. L'actrice, qui a accusé cet automne le réalisateur Christophe Ruggia d'« attouchements répétés » quand elle était adolescente, provoquant un séisme dans le cinéma français, estime ce lundi dans un entretien au *New York Times* que « la France a complètement raté le coche » de #Metoo.

« Il y a un paradoxe #MeToo en France : c'est l'un des pays où le mouvement a été le plus suivi, du point de vue des réseaux sociaux, mais d'un point de vue politique et médiatique, la France a complètement raté le coche », déclare l'actrice dans un entretien publié lundi en anglais et en français sur le site du quotidien américain. « On a un système judiciaire qui ne fait pas des violences faites aux femmes sa priorité (...) la justice doit s'amender pour mieux traiter les femmes victimes de violence sexuelle », ajoute Adèle Haenel.

« La loi française définit le viol comme un acte sexuel commis au moyen de violence, de surprise, ou de contrainte : elle est centrée sur la technique employée par l'agresseur, pas l'absence de consentement de la victime », estime l'actrice.

« Distinguer Polanski, c'est cracher au visage de toutes les victimes »

Pour Adèle Haenel, « beaucoup d'artistes ont confondu, ou voulu confondre, le jeu sexuel et l'agression. Le débat s'est positionné sur la question de la liberté d'importuner et sur le prétendu puritanisme des féministes. Alors qu'une agression sexuelle est une agression, pas une pratique libertine ».

Quelques jours avant la cérémonie des César qui se déroulera vendredi avec *J'Accuse*, le dernier film de Roman Polanski, parmi les favoris, Adèle Haenel met en garde : « distinguer Polanski, c'est cracher au visage de toutes les victimes. Ça veut dire, 'ce n'est pas si grave de violer des femmes' ».

Visé par de nouvelles accusations de viol, le réalisateur Roman Polanski est en tête des nominations avec son film sur l'affaire Dreyfus ce qui passe très mal auprès des féministes et de l'opinion publique. Des associations comme « Osez le féminisme »! » appellent à un rassemblement le soir de la cérémonie devant la salle Pleyel à Paris.

Interrogée sur ses projets artistiques éventuellement affectés par l'impact de ses accusations contre le cinéaste Christophe Ruggia, Adèle Haenel estime « qu'elle a fait quelque chose de bien pour le monde et pour son intégrité ». « Peu importe si cela nuit à ma carrière (...) je vais faire du théâtre à la fin de l'année, mais je ne sais pas encore comment cela impactera la façon qu'auront les gens de me voir », confie-t-elle.

Par LEXPRESS.fr avec AFP ; publié le 24/02/2020 à 16:41

1 **rater le coche** die Gelegenheit verpassen – 3 **s'amender** se corriger – 4 **fustiger** critiquer – 9 **un séisme** Erdbeben – 27 **la contrainte** Zwang – 29 **le consentement** Einverständnis – 31 **distinguer** *ici* : honorer – 36 **importuner** belästigen – 37 **prétendu,e** angeblich – 41 **un César** – le prix pour les meilleures productions cinématographiques en France – 56 **affecter** *ici* : concerner – 63 **impacter** stark beeinflussen

3. Comment est-ce que l'actrice juge l'influence du mouvement #MeToo sur la société française ?

4. Comment est-ce-que l'actrice évalue les actions du gouvernement français à cet égard ?

5. Exposez le point de vue d'Adèle Haenel sur le traitement du réalisateur Roman Polanski dans le monde du cinéma.

6. L'actrice craint-elle les conséquences de ses révélations sur sa propre carrière ? Expliquez votre réponse.

Méthode : Structurer un texte

Gliederung	tout d'abord, premièrement / deuxièmement, au début, d'une part / d'autre part, ...
Ergänzung	et, ensuite, de plus, ainsi que, ...
Gegenüberstellung	mais, cependant, pourtant, en revanche, au contraire, tandis que, bien que, ...
Begründung	car, parce que, puisque, étant donné que, du fait que, grâce à, à cause de, ...
Folge	donc, ainsi, c'est pourquoi, par conséquent, de sorte que, si bien que (*so dass*), ...
Bedingung	si, à condition que, pourvu que, ...
Zweck	pour que, afin que / de, pour, dans le but de, ...
Erklärung	ainsi, par exemple, c'est à-dire, autrement dit, en effet, ...
Schlussfolgerung	en conclusion, pour conclure, en résumé, enfin, pour finir, à la fin, ...

Mes notes

Mes notes

Bildquellenverzeichnis

12.1, 12.4, 12.5, 12.7 123RF.com (Sirichai Manmoh), Nidderau; **12.2** 123RF.com (blankstock), Nidderau; **12.3, 12.6, 12.8** 123RF.com (Sirichai Manmoh), Nidderau; **13** © Arsenal Fimverleih GmbH; **18.1** © Arsenal Fimverleih GmbH; **18.2** © Arsenal Fimverleih GmbH; **22** © Arsenal Fimverleih GmbH; **27.1** © Arsenal Fimverleih GmbH; **27.2** © Arsenal Fimverleih GmbH; **28.1** © Arsenal Fimverleih GmbH; **28.2** © Arsenal Fimverleih GmbH; **28.3** © Arsenal Fimverleih GmbH; **28.4** © Arsenal Fimverleih GmbH; **30** © Arsenal Fimverleih GmbH; **31** © Arsenal Fimverleih GmbH; **43.1** © Arsenal Fimverleih GmbH; **43.2** © Arsenal Fimverleih GmbH; **43.3** © Arsenal Fimverleih GmbH; **43.4** © Arsenal Fimverleih GmbH; **43.5** © Arsenal Fimverleih GmbH; **46** © Arsenal Fimverleih GmbH; **50.1** © Arsenal Fimverleih GmbH; **50.2** © Arsenal Fimverleih GmbH; **66.1, 66.2, 67.1, 67.2, 67.3, 67.4** 123RF.com (lesnnik), Nidderau; **68** 123RF.com (rawpixel), Nidderau

1. Auflage 1 [5 4 3 2 1] | 2025 24 23 22 21

www.klett-sprachen.de

Autorinnen: Marie-Astrid Lother, Anika Weinel

Redaktion: Elena Bergmann
Korrektorat: Laure Boivin
Layoutkonzeption: Andreas Drabarek, Greta Gröttrup, Sabine Kaufmann
Illustrationen (S. 6 – 8): Harald Ardeias
Gestaltung und Satz: Swabianmedia, Eva Mokhlis, Stuttgart
Umschlaggestaltung: Andreas Drabarek
Titelbild: © Arsenal Fimverleih GmbH
Druck und Bindung: Elanders, Waiblingen

Printed in Germany

ISBN 978-3-12-598461-5